古诗词里的岭南文化

李晓进 著

广州新华出版发行集团
广州出版社
GUANGZHOU PRESS

图书在版编目（CIP）数据

海上明月岭上花：古诗词里的岭南文化 / 李晓进著. —广州：广州出版社，2024.4
（诗教中国）
ISBN 978-7-5462-3665-0

Ⅰ. ①海…　Ⅱ. ①李…　Ⅲ. ①古典诗歌—诗集—中国
Ⅳ. ① I222

中国版本图书馆CIP数据核字（2023）第217682号

书　　名　海上明月岭上花：古诗词里的岭南文化
　　　　　Haishang Mingyue Lingshanghua：Gushici li de Lingnan Wenhua
著　　者　李晓进
出版发行　广州出版社
　　　　　（地址：广州市天河区天润路87号广建大厦9、10楼
　　　　　邮政编码：510635　网址：www.gzcbs.com.cn）
策划编辑　何　旻
责任编辑　司丽丽
责任校对　窦兵兵
印刷单位　三河市祥达印刷包装有限公司
　　　　　（地址：三河市杨庄镇杨庄村　邮政编码：065200）
规　　格　880 mm × 1230 mm
开　　本　1/32
印　　张　7.25
字　　数　155千
版　　次　2024年4月第1版
印　　次　2024年4月第1次
书　　号　ISBN 978-7-5462-3665-0
定　　价　58.00元

发行专线：（020）38903520　38903521

如发现印装质量问题，影响阅读，请与承印厂联系调换

（元）赵孟頫　达摩祖师像

（清）胡桂　春台积翠册 · 梅岭曳杖

（明）佚名　粤绣博古图屏（五）

（南宋）刘松年　海珍图卷

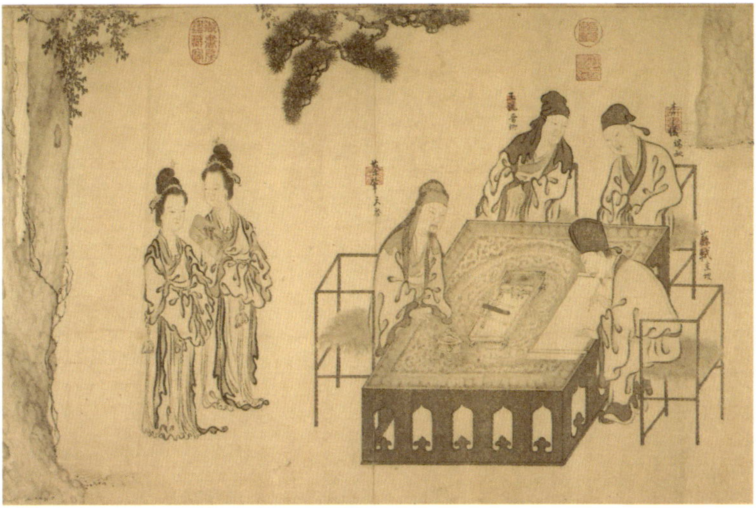

（宋）李公麟　西园雅集图（局部）

（清）佚名　乾隆粤绣仙童献寿轴

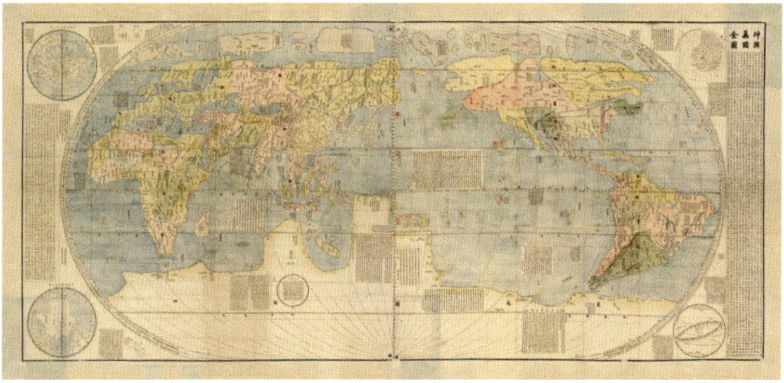

（明）利玛窦　坤舆万国全图

（清）佚名　广州城珠江滩景图（局部）

（清）屈兆麟　罗浮情梦

（清）董教增　罗浮山图

徐悲鸿　十二生肖

（南宋）李嵩　天中水戏图

前言

岭南地区位于中国大陆最南端，北靠五岭，南临南海，西接云贵，东邻福建，包括今广东、广西、海南及香港和澳门所在的广大地区。这里并非“文化沙漠”，相反，凭借背山朝海的自然地理优势、温暖湿润的季风气候特点，岭南地区自古以来就保有与中原迥然有别的风土人情和文化习俗。历史上无数叱咤风云的能人志士曾经生于斯长于斯，许多影响深远的重大历史事件，也一度在此你方唱罢我登场。

岭南的土地诞生过众多文化泰斗和文坛巨匠。较具代表性的有禅宗六祖惠能，开元名相张九龄，明代诗坛领袖“南园前五子”“南园后五子”，明末清初“广东徐霞客”屈大均，清初诗坛领袖“岭南七子”，晚清维新运动领袖康有为、梁启超，晚清民国“诗界革命”的主将黄遵宪，民国“南粤美食第一人”江孔殷，民国奇僧苏曼殊等。

历史上岭南地区远离中原政权中心，曾一度被认为是瘴疠横行的化外之地，历朝历代曾有许多官员被贬至岭南。在这些贬官当中，不乏久负盛名的文化巨擘，如唐代被贬连州的刘禹锡、被贬潮州的韩愈，宋代被贬惠州的苏东坡，明代被贬徐闻的汤显祖等。这些官员来到岭南以后，留下了大量的诗文名篇，构成岭南文化的重要组成部分。

岭南地区凭借紧邻南海的地理优势，是东西方贸易的桥头堡，明清时期还成为西学东渐的重要窗口。利玛窦等人于明代万历年间来到澳门，不仅在肇庆建立了内地第一座天主教堂，而且还亲手绘制了中国现存最早的、具有完整经纬线的中文版世界地图。到北京后，利玛窦还和士大夫徐光启合译《几何原本》前六卷，其中译定的重要术语沿用至今，成就明清西学东渐史上的一段佳话。

《海上明月岭上花：古诗词里的岭南文化》是一部以古诗词为切入点阐述岭南文化的作品。全书选取若干对于今人了解岭南文化极为关键的视角，将作品内容凝练为以下几方面的有趣问题：广东韶关南雄珠玑巷因何被称作中国三大寻根之地之一？中国历史上首位广东籍宰相张九龄为故乡办了什么影响深远的实事？苏东坡谪贬岭南以后经历了怎样的人生蝶变？梅花因何能成为古代岭南地区的文化象征？自古“岭南多瘴气”是怎么回事？珠三角如何从荒野滩涂演变成人烟阜盛的大湾区？珠海桂山岛上为何建有文天祥纪念广场？新会崖山何以成为追叹家国兴亡的精神遗址？《牡丹亭》的作者汤显祖被贬岭南为何要绕道澳门？广州历史上最辉煌的时代是什么时候？珠江岸边诞生过的晚清世界首富是谁？

针对上述种种疑问，结合张九龄、刘禹锡、文天祥、苏东坡、汤显祖、屈大均、钱谦益等古代诗人作家的诗文名篇，本书从经典、历史、文学和艺术等多个角度，为读者一一作出解答，让读者在阅读中体验一番别样的岭南深度游。

感谢在本书写作过程中为我提供帮助的各位师友。

李晓进

2024年3月于致朴斋

目录

第一章

惠能作菩提偈得衣钵创立曹溪禅

——读惠能《菩提偈》，看岭南『獦獠』如何逆袭为佛门一代宗师

菩提偈

惠能（唐代）

菩提本无树，
明镜亦非台。
本来无一物，
何处惹尘埃。

岭南人写诗可追溯到唐代惠能的《菩提偈》。惠能《菩提偈》现存有多个版本，以上所录的是流传最广的一个版本[1]。《菩提偈》中的“偈”是“偈陀”的简称，本是婆罗门教、佛教等印度宗教使用的唱颂词，由于其体裁和中国古体诗歌中的“颂”类似，所以一般也会将其音意合译为“偈颂”。汉译偈颂采取了中国古体诗歌的形式，一般以四言、五言、七言等诗歌体的形式呈现其内容，通常四句为一首，因此亦被称作“四句偈”。在印度佛教和中国佛教传播的过程中，有许多著名的偈颂——有些是梵语汉译作品，有些则是本土高僧原创，千百年来广为流传，惠能《菩提偈》就是其中最著名的一首。

《菩提偈》的作者惠能出生于唐太宗贞观十二年（638）岭南道的新州[2]，也就是今天位于广东省西部云浮市境内的新兴县。今新兴县中南部有一处三面环山的小镇，本名集成镇，为纪念一千三百多年前诞生于此的惠能，当地于2004年更改镇名为六祖镇。令人好奇的是，自称打小“生在边方”“语音不正”[3]的惠能，是如何走出新州山野，一步步演变为大唐佛门一代宗师的呢？这得从惠能在其故乡新州的早年生活开始说起。

一、新州卖柴

据《坛经》等典籍记载，惠能祖籍为河北范阳（今河北省涿州市一带），其父卢行瑫于唐高祖李渊武德年间自范阳被贬谪至岭南新州后早逝[4]。惠能自幼与寡母相依为命，家境贫寒，以街市卖柴为生。

有一次一客人买柴，让惠能把柴送至客店。惠能送柴出店门外时，碰巧看见客人念经。当他听到“应无所住而生其心”一段时，顿生领悟。于是问客人念的什么经，客人回答说是《金刚经》。惠能又问客人：“从哪里来？怎么会修持这部经？”[5]客人回答说：“我从蕲州黄梅东禅寺[6]来。五祖弘忍大师在寺里讲经传法，门徒有一千余人，我就是在那里听受此经的。弘忍大师常说，但凡修持《金刚经》就可见性成佛。”惠能听罢此言，当即决意要去黄梅拜见五祖。当时有一客人资助他一些银子，惠能用这些银子给母亲补足了衣物和粮食，将家里一应安置妥当后，便辞别亲人北行，三十多天后，成功抵达黄梅。

二、黄梅求法

惠能到达黄梅后，拜见五祖弘忍，佛教史上一场著名的对话就这样开始了。这场对话应被看作岭南人在浩如烟海的中华文化史上首次极为精彩的亮相[7]。

祖问曰：汝何方人，欲求何物？

惠能对曰：弟子是岭南新州百姓。远来礼师，惟求作佛，不求余物。

祖言：汝是岭南人，又是獦獠，若为堪作佛？

惠能曰：人虽有南北，佛性本无南北。獦獠身与和尚不同，佛性有何差别？

五祖在对话中说的“獦獠”，是未开化的野蛮人的意思，这在当时是北方人对携犬行猎为生的南方少数民族的一种蔑称。五祖初次见到惠能，就直言不讳地戏称对方为“獦獠”，这代表了当时北方人对岭南人的一贯态度。惠能的机锋对答难能可贵之处在于，他从一种极为新颖的角度打破了因南北文明差距导致的对南方人的一贯歧视。而惠能对答的新颖之处在于，他像西方近代法国哲学家笛卡尔那样将身心并置起来：在身体层面，南方“獦獠”皮肤黝黑、身材矮小、其貌不扬，确实与北方和尚不同，可在心（佛性）的层面并不存在这样的区别；人除了有身体，还有心，身体层面存在的差异，不代表心的层面也存在类似的差异。惠能身心并置的说法，若放在西方哲学语境中加以讨论，必定会受到极大的挑战，可若放在中国佛教文化的历史长河中来看待，这个说法在当时确实是新颖的，具有开创性价值，并在后世产生了深远影响。

五祖听罢惠能的机锋应答，感觉他根性太利，似乎有更多的话想要说，但又不便当着其他弟子们的面开口，于是先安排他随众劳动。惠能于是被派至后院劈柴生火，踏碓舂米，一直做苦工做了八个多月。

当时五祖弘忍年事已高，禅宗衣钵传承问题早已在酝酿之中。有一天，五祖把门人全部召集起来，要求大家根据平日里佛法修持的功夫，各自写一首偈子呈送给他看。如果谁的偈子开悟见性了，便把衣钵传给他，让他继任为第六代祖师。

听罢五祖的吩咐，众弟子一致认为作偈子是枉费心力，因为神秀上座早已是他们的教授师[8]了，祖师的衣钵必定传给他。可耐人寻味的是，众望所归的神秀本人却在呈不呈送偈子的问题上辗转反侧、举棋不定。神秀心想，如果他不呈送偈子，五祖如何能知道他的觉悟之深浅？可如果他呈送偈子，那和俗世中争权夺利又有什么区别？神秀的矛盾之处在于，他既想得到衣钵，又不想让五祖看出来他想得到衣钵。踌躇再三，他决定不去亲自呈送偈子，而是设法把偈子悄悄写在寺院的廊壁上。如果五祖看了满意，他就出来承认是自己写的；可如果五祖看了不满意，最坏不过证明自己白费了几年功夫，修行不到家罢了。

当夜三更，为了不让人发现，神秀独自掌灯，悄悄把偈子写在寺院南面廊壁上，表达自己对佛性的领悟。偈子说：

身是菩提树，心如明镜台。

时时勤拂拭，勿使惹尘埃。

第二天，五祖看到廊壁上神秀写的偈子后，立刻号召门人都来念诵，说是根据这篇偈子来修持会得大利益。可私下里又唤来神秀，问偈子是不是他写的。神秀承认是他写的，五祖直截了当地说："你的偈子并没有明心见性，离最高的觉悟还很远。"五祖让神秀回去再作一首给他看，如果新作的偈子开悟了，就把衣钵传给他。可是，自此之后，神秀一直神情恍惚，再也没有作出什么新偈子。

又过了两天，寺院有一小沙弥从碓坊门前经过，边走边诵神秀的偈子。惠能问小沙弥："你诵的什么偈子？"小沙弥回答说："大师想把衣钵传承下去，命门徒都作偈子给他看，神秀上座在南面廊壁上写了这篇偈子，大师让大家相互传诵，说按照这篇偈子来修持，可避免堕落恶道。"

接着在小沙弥的带领下，惠能来到南面廊壁观看神秀写的偈子。惠能不识字，希望有人替他念出来。这时，恰巧有一位名叫张日用的江州别驾[9]在一旁礼佛，惠能就请他来念给他听。惠能听完说："我也有一个偈子，请别驾替我写到墙壁上。"

张别驾听闻这个初来乍到、尚未剃度的岭南"獦獠"也要作偈子，深表稀奇。惠能就跟他说："要学最高之觉悟，不可瞧不起初学的人，下下等的人也会有上上等的智慧，上上等的人也会有没心智的时候。如果随便瞧不起人，就会有无量无边的罪过。"

张别驾听罢惠能所说，心有所触，当即表示愿意代劳。惠能就念偈子：

菩提本无树，明镜亦非台。

本来无一物，何处惹尘埃？

张别驾把惠能口述的偈子写在廊壁上。众人看了无不感到惊奇，纷纷表示惊诧：惠能来寺院才这么点时间，连剃度仪式都没举行，如何这么快就修成肉身菩萨了？真真人不可貌相。五祖看到众弟子的反应，生怕有人会加害于惠能，就用鞋把墙上偈子擦掉，假装说："这篇偈子也未见性。"弟子们都信以为真。

第二天，五祖悄悄地来到碓坊，看见惠能腰里绑着石头正在舂米，问惠能说：“米舂好了没有？”惠能回答：“早就舂好了，只是欠人筛过。[10]”于是，五祖手执禅杖连敲石碓三下，意思是让惠能三更时去方丈室见他。

当夜三更，五祖用袈裟遮住光亮，在方丈室向惠能密授《金刚经》，讲解“应无所住而生其心”的佛理，强调认识自己的本心，见证自己的本性就是作佛的不二法门。惠能听罢，顿时大彻大悟，向着五祖发出了著名的五句“何期自性”[11]的偈语：

何期自性，本自清净，

何期自性，本不生灭，

何期自性，不自具足，

何期自性，本无动摇，

何期自性，能生万法。

五祖看出惠能已深得法门要义，于是就把衣钵传给他，传他为禅宗第六代祖师，叮嘱他要以心传心，把禅宗对自性的觉悟，代代相传下去。

惠能既得衣钵，五祖担心他的安危，嘱咐他赶紧乘船南下避难，等将来时机成熟再行出山弘法。惠能问五祖该去往何处，五祖说：“逢怀则止，遇会则藏。”[12]惠能表示不识路，五祖就亲自送他到九江驿[13]。上船后，五祖亲自摇橹摆渡送行。惠能说：“请师父坐下，应当弟子摇橹。”五祖说：“应当我渡你。”惠能又说：“迷时师度，悟了自度。”[14]言下之意是说：以前迷茫时是师父度我，如今开悟后就是自己度自己了。

三、庾岭夺法

惠能辞别五祖，一路向南暴走两个月后，到达大庾岭，身后有几百人前来追讨衣钵。其中一位名叫惠明的僧人，出家前曾做过四品将军，生性鲁莽，但悟道参禅的心却很积极，他比其他人抢先追上惠能。

惠能把衣钵扔在石头上，说："这袈裟是五祖传法的信物，能够用蛮力来争夺吗？"意思是说，如若只是夺得大师传法的信物，没有得到大师所传之法，终究是没有用的。说完惠能就躲到附近草丛里去了。惠明赶来，看见衣钵扔在石头上，就试着去拿取，未料用尽全力都提掇不动，呼唤惠能说："我是为佛法而来，不是为袈裟而来。"于是惠能从草丛中走出来，坐在石头上打坐。

惠明请惠能说法。惠能让惠明先静下心来，杜绝一切杂念，然后才开始说法。惠能说："不思善，不思恶，此时此刻，不正是惠明上座的本来面目吗？"

惠明听罢，顿时大悟，声称自己虽在黄梅修学，却从未真正省察过自己的本来面目，当下表示愿意拜惠能为师。惠能拒绝了惠明的请求，表示两人理应同以黄梅五祖为师，好好自行护念才对。说完两人各自为路。

四、山林避居

据《宋高僧传》记载，惠能后来到了韶州曹侯村，受到村内儒士刘志略的礼遇。刘志略的姑母是比丘尼，法名无尽藏，经常诵念《涅槃经》，惠能一听就知经文的妙义，说可以为其解说经文。

无尽藏手拿经卷问字，惠能说：“字我是不认识的，你可以问经文的意义。”无尽藏反问道：“字都不认识，怎么能领会经文的意义？”惠能说：“诸佛理论，若取文字，非佛意也。”[15]无尽藏听了大为惊异，声称这是有道之士，建议他应当去附近宝林寺当住持。

在战乱中已成废墟的宝林寺[16]得以重建后，惠能被邀请至寺中担任住持。可没过多久，又被凶徒找上门来追杀，惠能想起五祖曾说的“逢怀则止，遇会则藏”[17]的谶语，于是逃到怀集、四会二县境内隐居下来，和当地猎人生活在一起，一共过了十五年[18]。

那时候，惠能时常顺便为猎人说法，有时还会替猎人守网，他只要见到网内有活物，就全部放生。每到要吃饭的时候，惠能就在猎人的肉锅里煮菜，有人问他吃不吃肉，他说，我只吃肉边菜。

五、广州受戒

有一天，惠能暗自思忖：该到了出来弘法的时候了，总不能一直这样隐遁下去吧。于是，惠能来到广州法性寺，正遇着住持印宗法师讲解《涅槃经》。当时有风吹动了旗幡，一僧人说是风在动，另一僧人说是幡在动，双方各不相让，争执不下。惠能出来说：

不是风动，
不是幡动，
仁者心动。

惠能的这三句偈语震惊了在场所有人，在法性寺引起了轰动。惠能由此受到寺院住持印宗法师的高度礼遇，他特意把惠能请到上座，向他请教佛法奥义。印宗请求惠能展示五祖传授的袈裟和钵盂，惠能就拿出衣钵供大家传看。看完衣钵，印宗又问："黄梅的祖师在付托传法时，有没有什么指示或教诲？"惠能说："其实并没有什么指示、教诲，也没有说禅定、解脱的方法，只是说要认识自己的本性。"印宗惊讶地问："为什么不说禅定、解脱的方法呢？"惠能回答说："因为禅定和解脱是两种法，不是佛法，佛法是不二之法。"于是印宗又问："什么是佛法的不二之法？"惠能解释说："法师你讲《涅槃经》，阐明佛性就是佛法的不二之法。例如，善根分常与不常，但佛性不分常与不常，所以如果有人做了坏事，你可以说他断绝了善根，但不能说他断绝了佛性，这就是不二法门。又如，在凡夫俗子眼中，五蕴（指人的色、受、想、行、识五种刹那变化的成分）和十八界（指人的六根、六境和六识）是两回事，但在觉悟者眼中，它们并无本质分别。因此，简言之，像这样无二的真性，就是佛性。"

印宗听完惠能讲法，佩服得五体投地。他感触颇深，自嘲说自己讲的经是"瓦砾"，而惠能讲的才是"真金"，并在智药三藏[19]手植的菩提树下亲自为惠能举行剃度仪式，而且愿意拜惠能为师。自此之后，惠能就在广州法性寺正式传授东山法门。这是惠能离开黄梅，照着临行前五祖说的谶语隐姓埋名十五年后，正式出山弘扬禅宗佛法。自此，法性寺成为六祖惠能创立禅宗南宗的发祥地。

另据《光孝寺志》卷之三记载，印宗法师将给惠能剃度留下的头发埋在智药三藏手植的菩提树右侧，并于唐高宗李治仪凤元年（676）四月八日在菩提树右侧募众建塔、立碑纪念。[20]这就是今天我们在广州光孝寺[21]里看到的那座瘗发塔的来历。

六、曹溪弘法

惠能后来受邀从广州法性寺再次去往曹溪宝林寺担任住持，此前惠能在大庾岭辞别慧明来到韶州时，曾在此短期担任过住持。接下来，惠能就以此为根据地，讲经说法三十多年，弟子法海辑录其言，将其汇编成《坛经》流传于后世。

唐中宗神龙元年（705）正月十五日，武则天和唐中宗李显派遣宫中内侍官薛简带着诏书来到宝林寺，诏书中说，皇上本想请惠安和神秀两位大师到宫中来供养，以便在治理政务的余暇，可以经常参问佛理[22]，但两位大师推让说："六祖惠能曾受五祖弘忍大师密传衣法，是传佛心印的人，可以请他到宫中来参问。"

惠能接到诏书之后，上表称病谢辞，表示愿意在山林终其一生。武则天答应了惠能的选择，并赏赐他磨衲袈裟和水晶钵，敕令韶州刺史重修寺院，并赐名惠能的新州故居为国恩寺[23]。

七、新州圆寂

六祖惠能在唐玄宗李隆基开元元年（713）八月初三圆寂于故乡新州国恩寺[24]。在此之前，六祖为其身后事，亲自做好了周密的安排。早在圆寂前一年延和元年（712）七月，惠能就命门下弟子到新州的国恩寺建舍利塔，并敦促工程早日完成[25]。舍利塔于第二年（713）夏末落成之后，惠能又预言自己将会在八月离开世间，说弟子们若有什么问题应及早发问，晚了可能就来不及了[26]。弟子们听了都伤心哭泣，唯有神会小师平静如常。惠能盛赞神会小师不为情绪所动，责备其他人做不到这一点。惠能圆寂前的做法和古希腊哲学家苏格拉底死前狱中的表现有些类似。根据柏拉图在《斐多篇》中的描述，苏格拉底在监狱里喝下毒酒的那一刻，在场的弟子纷纷掩面而泣，苏格拉底不但不为所动，反而劝导弟子不要哭泣，以免干扰他平静地迎接死亡。

到了七月八日，惠能突然提出要回新州，让弟子们准备船只。弟子们坚决挽留，但惠能表示世间万物有来就有去，叶落归根，肉身骸骨回归故里，理所应当。到了八月初三日，在新州国恩寺待了近一个月的惠能忽然告诉弟子说：我去了。惠能就这样在刹那间圆寂了。

惠能圆寂后不久，广州、韶州、新州三地的官僚以及门下的出家、在家弟子争相迎请供养惠能的真身，一时难以裁决该往何处。于是焚香祈祷：香烟所指的方向，就是大师的归宿。当时香烟一直飘向曹溪方向，于是惠能坐化的神龛和五祖传下的衣钵很快就由新州国恩寺迁回曹溪宝林寺供奉。[27]

惠能圆寂后第二年（714）七月二十五日，其肉身被抬出神龛，弟子方辩用香泥涂满真身，弟子们再用铁片和漆布围护六祖的颈部，然后送入塔内供奉，惠能的真身就这样永久地保留在了韶州的宝林寺[28]。

惠能圆寂之后，为何没有把衣钵传给下一任祖师？对于这个问题，《坛经·付嘱品》有载，六祖圆寂前曾将日后各为一方法师的门人（法海、志诚、法达、神会、智常、智通、志彻、志道、法珍、法如等）全部聚在一起，给他们细细传授三科法门和三十六对法，叮嘱未来的法师们将来不管讲什么法都不要远离自性[29]。

等惠能给未来的法师们谈“教学法”谈得差不多了，弟子法海突然提出一个要紧的问题，他问：“师父入灭之后，衣钵准备传给什么人？”六祖认真回答了这个问题。他说，根据达摩祖师留下的偈语“吾本来兹土，传法救迷情。一华开五叶，结果自然成”[30]，五祖传下的袈裟就不能再继续往下单传了。他说他一生全部的说法都包含在《坛经》里面了，以后门人只要照此经说法就是正法。这差不多就是说，今后不管是谁，若能正确领会《坛经》里的说法，谁就是真正的衣钵传人了。

至此，让我们回到惠能的《菩提偈》。纵观《坛经》中的所有说法，我们认为这首《菩提偈》是六祖创立的禅宗南宗最佳的文化符号和精神象征。如果我们把禅宗的偈颂看作诗歌，那么六祖的《菩提偈》就是岭南诗歌史上最早出现的，由出生于岭南的岭南人创作的著名诗歌作品。而且更加难能可贵的是，这首《菩提偈》背后所蕴含的禅宗文化，是中国历史上由岭南人在岭南地方发扬光大，并最终走向世界的宝贵的文化传统。如果说，惠能既是岭南人，又是中国人，更是世界公民，那么以惠能《菩提偈》为代表的禅宗文化，既是岭南文化，又是中国文化，更是世界文化。

注 释

1

惠能《菩提偈》有多个版本，其中流传最广的是元代僧人宗宝编译的宗宝本《坛经》记载的版本：“菩提本无树，明镜亦非台。本来无一物，何处惹尘埃。”直到近代才发现的敦煌写本（又名“法海本”）《坛经》是惠能弟子法海根据惠能讲法记录而成，其中记载的《菩提偈》版本是：“菩提本无树，明镜亦无台。佛性常清净，何处有尘埃。”与明代以后通行的宗宝本不同。

2

关于惠能的生卒年记载，参［宋］赞宁撰《唐韶州今南华寺惠能传》，载《宋高僧传》卷第八，北京：中华书局，1987年，第173页、第175页。

3

［唐］慧能著《坛经》，黄茂林译，长沙：湖南出版社，1996年，第24页。

4

同上书，第2页。

5

根据《坛经》记载转译，本文以下未注引号内文字与此同。

6

现名五祖寺，位于今湖北省黄梅县五祖镇东山山麓。五祖寺是禅宗五祖弘忍的道场，亦是六祖惠能得法受衣钵之地，被御赐为“天下祖庭”。

7

［唐］慧能著《坛经》，黄茂林译，长沙：湖南出版社，1996年，第4—6页。

8

教授师又称教授阿阇黎，是指受戒时讲说戒律功德、教示威仪的戒师。唯有戒腊达到五年以上的修行人才有资格担任教授师。

9

别驾官职始设于汉代，为州刺史的佐官，负责总管州府中的日常事务。由于其地位较高，出巡时不与刺史同行，别乘一车而得名。

10

“师”与“筛”音形皆近，很明显这是双关语，意为只欠师父指点。

11

这五句偈语的意思是：“真没想到自性原来就是清澈明净的；真没想到自性原来就是不生不灭的；真没想到自性原来就是圆满具足的；真没想到自性原来就是没有动摇的；真没想到自性原来就是能生万法的。”参见［唐］慧能著《坛经》，黄茂林译，长沙：湖南出版社，1996年，第20页。

12

这是五祖说的谶语。［唐］慧能著《坛经》，黄茂林译，长沙：湖南出版社，1996年，第22页。

13 据现代学者考证，五祖送惠能抵达的不是江南江州的九江驿，而是江北黄梅的临江驿，认为《坛经》的记载应更正为“五祖自送能于临江驿”。参王红星

《唐代江州九江驿地望考——兼辨〈坛经〉"五祖自送能于九江驿"之疑义》，《九江学院学报》（社会科学版）2022年第2期。

14

［唐］慧能著《坛经》，黄茂林译，长沙：湖南出版社，1996年，第23—24页。

15

［宋］赞宁撰《唐韶州今南华寺惠能传》，载《宋高僧传》卷第八，北京：中华书局，1987年，第173页。

16

现名为南华寺，位于广东省韶关市曲江区的曹溪河畔，素称"东粤第一宝刹"，初建于梁武帝天监元年（502年），梁武帝最初赐名"宝林寺"，六祖惠能生前长期在此弘法，后宋太祖赵匡胤赐名"南华禅寺"沿用至今。

17

"怀"指怀集县，"会"指四会县，均为广东省的县名。［唐］慧能著《坛经》，黄茂林译，长沙：湖南出版社，1996年，第22页。

18

［唐］慧能著《坛经》，黄茂林译，长沙：湖南出版社，1996年，第28页。

19

智药三藏是南华寺的创立者，也是光孝寺的开山祖师之一。他于南朝梁武帝年间自印度到达广州，在法性寺戒坛旁亲手种下一棵菩提树，后至韶州沿曹溪溯流而上，见两岸山水与印度宝林山十分相似，于是劝导附近村民在溪水旁边建立一座寺庙，命名为宝林寺，即现今南华寺。

20

［清］顾光、［清］何淙修著，岭南古寺志丛刊《光孝寺志》，仇江、曾燕校，广州：广东教育出版社，2016年，第42页。

21

光孝寺位于广州市越秀区。该寺寺址最初为西汉南越王赵建德之故宅，三国时期吴国虞翻曾谪居在此，后改为寺院，寺名几经更改，唐代称乾明法性寺，南宋改名光孝寺。

22

［唐］慧能著《坛经》，黄茂林译，长沙：湖南出版社，1996年，第200页。

23

国恩寺，又名龙山寺，位于广东省云浮市新兴县六祖镇的龙山脚下，由六祖惠能创建于唐弘道元年（683年）。

24

关于惠能圆寂的确切时间，参［唐］慧能著《坛经》，黄茂林译，长沙：湖南出版社，1996年，第240页。

25

关于惠能命弟子去国恩寺建舍利塔的确切时间，参［唐］慧能著《坛经》，黄茂林译，长沙：湖南出版社，1996年，第218页。

26

关于惠能预言自己圆寂时间，参［唐］慧能著《坛经》，黄茂林译，长沙：湖南出版社，1996年，第218页。

27

关于三地争夺惠能真身的记载，参［唐］慧能著《坛经》，黄茂林译，长沙：湖南出版社，1996年，第240页。

28

［唐］慧能著《坛经》，黄茂林译，长沙：湖南出版社，1996年，第242页。

29

同上书，第210页。

30

同上书，第224页。

第二章

张九龄归养韶州开凿大庾岭新道

——读《曲江集》诗文名篇，看开元名相张九龄何以被誉为『岭南第一人』

望月怀远

张九龄（唐代）

海上生明月，
天涯共此时。
情人怨遥夜，
竟夕起相思。
灭烛怜光满，
披衣觉露滋。
不堪盈手赠，
还寝梦佳期。

广东历史上会写诗的人数不胜数，但写的诗千百年来能为大家口口传诵的，除禅宗六祖惠能之外，就是开元名相张九龄了。与惠能那首机警犀利、意味深长的菩提偈诗至今仍在广为流传一样，张九龄那句幽静清远、情意绵邈的名句“海上生明月，天涯共此时”，迄今更是家传户诵。

据《旧唐书》记载，张九龄的曾祖父名为张君政，官任韶州别驾，老家本在始兴[1]，因做官才迁到曲江，成为曲江人。张九龄的父亲名为张弘愈，曾在张九龄升任宰相后，父凭子贵，追赠广州刺史。

值得注意的是，无论张九龄的祖籍地始兴，还是其出生地曲江，在唐代均处于交通极为不便的粤北南岭山脉附近。土生土长于岭南边远山区，且一生自称“山薮陋材”[2]“荒陬孤生”[3]的张九龄，如何从这片林间山野走出去，成长为名垂千古的盛唐诗人，并一步步升任为开元盛世的一代名相的呢？这得从张九龄在其故乡曲江的早年生活开始说起。

一、家居曲江

在唐代韶州曲江，有两位历史文化名人一度在此长期居住，一位是张九龄，另一位是六祖惠能。张九龄是生于斯长于斯的本地人，而惠能则是在将近不惑之年在广州法性寺受戒后来到曲江南华寺弘法。

比照两人的生卒年不难发现，两人生活的年代大致相当。惠能[4]比张九龄[5]大40岁。张九龄出生于唐高宗仪凤三年（678），这正是惠能离开广州法性寺来曲江南华寺弘法第二年。张九龄自出生至武则天长安二年（702）[6]登进士第擢秘书省校书郎期间，一直生活在曲江，而惠能自仪凤二年（677）[7]来南华寺弘法直至唐玄宗开元元年（713）圆寂新州，大部分时间也生活在曲江。这就是说，张九龄曾和六祖惠能同时生活在韶州曲江至少达24年之久。

在韶关当地流传着一个关于张九龄名字由来的民间故事。故事说的是张九龄父亲张弘愈当年在北江打到一条大鱼，怎么拉也拉不上来，于是将渔网绑在河边大树上，回家喊夫人卢氏来帮忙。可卢氏来之后轻轻一拉，一条巨大的九鲮鱼就被拉上了岸。没想到，被拉上岸的九鲮鱼泪眼汪汪地望着她。卢氏见状，顿生恻隐之心，和丈夫联手将大鱼放回了江中。不久之后，卢氏怀孕了，分娩时辰与九鲮鱼放生时辰相同。卢氏看着怀中刚出生的婴儿望她时的眼神，和九鲮鱼看她时的眼神一模一样，便认定儿子是九鲮鱼投胎转世，于是取其名为“九鲮”。后来信佛的卢氏带着“九鲮”去见六祖惠能，惠能就跟她说：“贵儿叫九鲮，九鲮为水族，上不了岸。他以后要上京做官哩，不如改为九龄吧。九龄九龄，谐音久龄久龄，天长地久呀！”自此卢氏就给儿子改名为“张九龄”。[8]

民间故事自然只是想象性的虚构，但古代典籍确有两人见过面的记载。例如北宋释契嵩禅师编修的《传法正宗记》卷六有载：

“昔唐相始兴公张九龄方为童，其家人携拜大鉴。大鉴抚其顶曰：此奇童也，必为国器。”[9]如果此处记载属实，结合张九龄后来贵为大唐名相的巨大发展，六祖惠能的先知远见令人惊叹。

二、初露锋芒

《旧唐书》有载，张九龄自幼聪敏过人，7岁就会撰写文章，13岁时，赶上王方庆来粤出任广州都督。[10]王方庆本为唐太宗第八子越王李贞府参军，武则天临朝当政期间官拜广州都督。当时的广州地处南海之滨，海外贸易兴盛，每年往来停泊的外商船只汇集如云。王方庆前任都督贪赃枉法，施用暴力甚至暗杀等不法手段谋取外商船只上的货物。王方庆来粤任职期间，不仅对往来商船秋毫无犯，而且还对官官相护的府僚予以严厉整顿，对行凶犯事的暴徒依法予以制裁，他主事期间的广州清净有序、经济繁荣，以至于时人议论说有唐以来治广州的长官没有人能超过王方庆的。[11]

王方庆不仅主政有方，而且还是个饱学之士。对此《旧唐书》有载：

> 方庆博学好著述，所撰杂书凡二百余卷。尤精《三礼》，好事者多询访之。每所酬答，咸有典据，故时人编次，名曰《礼杂答问》。聚书甚多，不减秘阁，至于图画，亦多异本。诸子莫能守其业，卒后寻亦散亡。[12]

久闻其名的张九龄见王方庆来粤主政，兴致勃勃地上书问政。张九龄上书的具体内容今天已无从知晓，但其上书的独特方式却格外引人瞩目。徐浩《唐尚书右丞相中书令张公神道碑》有载："王公方庆出牧广州。时年十三。上书路左。"[13]从这段简短的记载中可以得知，少年张九龄并未通过别人递交文书，而是就在王方庆驱车南下赴任途中，亲自拦路当面递交文书。不难猜出，张九龄"上书路左"的地点应该就是其故乡韶州，很可能就是王方庆南下广州路经韶州时发生的事情。史载王方庆阅毕张九龄的文书后，大加赞赏道："此子必能致远。"[14]深得饱学雅士的称赞，本就意气风发的少年张九龄必定受到极大的鼓舞。

三、科举入仕

武则天长安元年（701）秋日，24岁的张九龄自故乡曲江出发，乘船沿浈水东行北上洛阳参加科举考试。他在路途之中写下《初发曲江溪中》，表达了离开故乡远行赴考时，留恋伤感中夹杂着些许惶惑不安的复杂心情。全诗如下：

溪流清且深，松石复阴临。
正尔可嘉处，胡为无赏心。
我犹不忍别，物亦有缘侵。
自匪常行迈，谁能知此音。[15]

武则天长安二年（702），25岁的张九龄两次参加科举，先后受到擅写七言律诗的考功郎沈佺期和名列"文章四友"的中书令李峤的赏识，登进士第。[16]《旧唐书》有载，唐玄宗李隆基当时尚在东宫，召集天下文藻之士，亲自加以策问，新登科第的张九龄因对答如流、出口成章，得以官授右拾遗。[17]张九龄自此正式步入仕途，踏上施展人生抱负的道路。

此外，长安三年（703）[18]，一度统领文坛的宰相张说因得罪了武则天的宠臣张昌宗被贬至岭南，途经韶州时，见到张九龄的文章，大为赞赏并厚为礼敬。[19]与张说的这次相遇极大地鼓舞了少年张九龄，这是他一生中极为重要的开端，自那以后他与张说由最初的相遇相识发展到后来的情深谊厚，乃至于在张说重回宰相之位后在其举荐提携之下一路平步青云。

不过好景不长，秉性直爽敢言的张九龄与时任宰相姚崇政见多有不合，招致姚崇的不满，最终被迫以官职任期届满为由辞官归养。

四、辞官归养

张九龄于开元四年（716）前后自长安辞官返回曲江老家侍奉老母[20]。在回乡途中登上高楼，远远望见南江[21]洪水泛滥淹没了前往始兴郡[22]的道路，触景生情写下一首《秋晚登楼望南江入始兴郡路》，抒发了其对朝中政事心有余而力不足的无奈与辛酸，描绘了其以往日夜追求功名所致的劳累与彷徨，以及表达了其对此次挂冠辞官选择的反思与追叹。全诗如下：

潦收沙衍出，霜降天宇晶。
伏槛一长眺，津途多远情。
思来江山外，望尽烟云生。
滔滔不自辨，役役且何成。
我来飒衰鬓，孰云飘华缨。

枥马苦踡跼，笼禽念遐征。

岁阴向晼晚，日夕空屏营。

物生贵得性，身累由近名。

内顾觉今是，追叹何时平。[23]

张九龄一生徘徊在出仕和归隐之间，但终究归隐山林不过是其出仕受挫后的无奈之举，儒家出仕为官的理想在其人格精神中始终占据主导地位。

我们可在张九龄39岁回归故里居家期间创作的感怀诗《自始兴溪夜上赴岭》中发现他身上具有的这种既出世又不失进取的矛盾性性格特点。全诗如下：

尝蓄名山志，兹为世网牵。

征途屡及此，初复亦非然。

日落青岩际，溪行绿筱边。

去舟乘月后，归鸟息人前。

数曲迷幽嶂，连圻触暗泉。

深林风绪结，遥夜客情悬。

非梗胡为泛，无膏亦自煎。

不知于役者，相乐在何年。[24]

张九龄终归是张九龄，回到故乡后的他不但没有寻仙访道、纵情山水，反而更加心系家国政事，并很快上奏朝廷请求开凿大庾岭新道。在《开凿大庾岭路序》中，张九龄向新登基的唐玄宗描述了大庾岭的交通现状：

初岭东废路，人苦峻极。行径夤缘，数里重林之表；飞梁嵥嶫，千丈层崖之半。颠跻用惕，渐绝其元。故以载则曾不容轨，以运则负之以背。[25]

其实大庾岭所在的五岭山脉海拔最高不过一千米左右，以这样的高度，它不可能完全阻挡住南北交通往来。张九龄在序中主要想强调的是，地处南北交通咽喉部位的大庾岭的交通状况亟需得到改善，尤其是没有可供车辆行进的道路，使得南北往来经商的货物只能靠人力背负运输，这大大阻碍了南北经济的交流与发展。接着笔锋一转，顺势说：

而海外诸国，日以通商，齿革羽毛之殷，鱼盐蜃蛤之利，上足以备府库之用，下足以赡江淮之求；而越人绵力薄材，夫负妻戴，劳亦久矣。[25]

请求开凿大庾岭新路，表面上说是为了祈求圣上体恤岭南百姓劳累之苦，实质上却是给了唐玄宗一个极富诱惑力的实际理由——大庾岭通道一旦被打通，江淮地区的丝绸、瓷器和茶叶等货物就可源源不断地通过此道南下运往海外贸易日渐兴盛的广州，外销给每年来广州采购的外贸商人，朝廷就可日日从中抽税获利。无怪乎唐玄宗看到张九龄的奏折后，很快就同意了他的请求，命他在广东就地指挥开凿大庾岭新路。

开元四年（716）冬日，张九龄“缘磴道，披灌丛”，亲自上山勘测山谷地势，研究如何避开旧路陡险路段，寻找适宜之处开凿出平坦新道。据说当时正值农闲季节，附近百姓纷纷踊跃而来，使得工程未到指定日期就提前完成了。开凿出的新道“坦坦而方五轨，阗阗而走四通，转输以之化劳，高深为之失险”[25]，于是“鐻耳贯胸之类，殊琛绝责之人，有宿有息，如京如坻”[25]。

大庾岭新路的开辟，相当于打通了一条沟通南北的大动脉，对岭南地区经济、社会和文化的发展产生了深远影响，岭南地区向来被认为是瘴疠蛮夷之地的落后形象也因此逐渐得以改善。屈大均说广东“秦、汉以前为蛮裔，自唐、宋以后为神州”[26]，表达的正是这种以唐宋为分界的形象的前后变化。站在今天的角度来看，粤港澳大湾区现在能获得如此巨大的发展，与一千三百多年前张九龄所做的“开路”工作是分不开的。

五、官拜相位

大庾岭新路既通，张九龄即被召回长安，特拜左补阙[27]，以嘉奖其功。[28]此时的张九龄意气风发，凭借其正直品格在吏部选拔人才方面廉明公允，唯才是举，表现突出，至开元八年（720）得以迁授正六品司勋员外郎[29]。

一生自称“岭海孤贱”“山薮陋材”的张九龄之所以能在京师长安站稳脚跟，并且步步高升，与宰相张说的器重与提拔是分不开的。开元九年（721）张说因平定突厥降将康待宾反叛、妥善安置与之勾结的党项余烬，而被召拜为兵部尚书、同平章事[30]。开元十年（722）又因平定康待宾余党康愿子造反、组建守卫京师的彍骑卫队有功，迁授中书令[31]，成为玄宗身边最为倚重的朝廷重臣。张说先前曾于长安三年（703）被贬岭南时就对张九龄的文章赞赏有加并厚为礼敬，现在同朝为官，加之又同为张姓，重归宰辅的他对张九龄更是寄予厚望。《旧唐书》有载：

时张说为中书令，与九龄同姓，叙为昭穆，尤亲重之，常谓人曰：“后来词人称首也。”九龄既欣知己，亦依附焉。[32]

由于张说在玄宗面前多次举荐，加之张九龄本人确实文才出众、品格正直，开元十年（722）又被迁授中书舍人[33]。不过好景不长，开元十四年（726）张说在同宇文融和李林甫等人的宫廷斗争中被弹劾罢相，张九龄也因此受到牵连，改任太常少卿，后又被外调为冀州刺史，张九龄以河北道里遥远、不便照顾家乡老母为由，表换改任洪州[34]都督。

开元十八年（730）张说过世，由于其生前多次举荐张九龄，唐玄宗念其旧情，召拜张九龄为集贤院学士、中书侍郎[35]，终迁中书令[36]，自此张九龄相当于以张说继承人的身份升任为大唐宰相。

然而晚年唐玄宗昏庸怠政，欲另立李林甫为相，并征求中书令张九龄的意见，早已洞察先机的张九龄坚决反对，可唐玄宗并未采纳他的意见。李林甫不学无术，升任宰相之位后，嫉妒张九龄因文才出众为皇上掌管政事，于是举荐牛仙客为尚书参政，张九龄因屡次劝谏反对惹恼了唐玄宗，[37]结果以尚书右丞相罢政事。后来又由于李林甫陷害进谗，于开元二十五年（737）被贬荆州长史，后于开元二十八年（740）卒于其故乡曲江。

史载张九龄过世后，唐玄宗依然对其念念不忘，每次宰相举荐人才，动不动就问“风度得如九龄否”？[38]

六、文场元帅

纵观张九龄一生，引人瞩目的是，他不仅具有辅佐玄宗开创开元盛世的王佐之才，而且还显示出推动唐代诗歌朝着理想方向发展的文学天赋。少年张九龄在广东生活期间在属文方面早已崭露头角，先后得到王方庆、沈佺期、李峤和张说等文坛领袖的盛赞鼓励。张说曾誉其为“后出词人之冠也”[39]。后唐玄宗也曾对其文章赞叹不已，说其文章自有唐以来无人能与之相比，称其“真文场之元帅也”[40]。盛唐诗圣杜甫也评价其“诗罢地有馀，篇终语清省”[41]，指出其诗歌同时兼具意境深远和清淡婉约两个方面的艺术特点。

后世对张九龄的文学成就的诸多评论中，明人高棅的说法尤其值得注意。他在《唐诗品汇》中提道：“张曲江公《感遇》等作，雅正冲淡，体合风骚，骎骎乎盛唐矣。”[42]高棅提到的“雅正冲淡，体合风骚”八个字最能概括张九龄的诗歌艺术风格。

“雅”最早在《诗经》中是指“言王政之所由废兴”[43]的宫廷诗的一种，后来逐渐演变为一种题材带有政治性，内容充满正气的诗歌体裁。一度身居宰辅高位的张九龄写过不少应制诗[44]，而这些应制诗与《诗经》中“言天下之事，形四方之风”[45]的宫廷雅诗类似，深具“雅正”的风格特点。例如《曲江集》中一首名为《奉和圣制初出洛城》的应制诗正是这种诗歌风格的典型范例。全诗如下：

东土淹龙驾，西人望翠华。
山川只询物，宫观岂为家。
十月回星斗，千官捧日车。
洛阳无怨思，巡幸更非赊。[46]

从这首应制诗来看，无论是其带有鲜明政治性的诗歌题名，还是其庄重有力的文法修辞，亦或是其借山川风物表达鸿鹄之志，以日月星辰描写崇高理想的内容题材，都是古老传统中“雅正”

诗风的典型体现。

在“雅正”之外，高棅提到的“冲淡”一词则是指张九龄写诗擅于化繁为简，惯于使用最素朴的语言表达最真挚的情感，使其诗臻于返璞归真的理想境界。最能体现张九龄诗歌冲淡风格的，莫过于那首迄今流传甚广的《望月怀远》[47]了。这首诗被认为是比杜甫的《望月》更有“余味”的作品。尤其“海上生明月，天涯共此时”这一名句，文辞用语简约平淡，但其创造出的意境却极为深远悠长，堪称在平淡中创造奇崛的清淡诗风的典范。张九龄还有另外一首同类主题的诗作，虽不甚有名，但却是同样的风格。该诗名为《秋夕望月》[48]，全诗如下：

清迥江城月，流光万里同。
所思如梦里，相望在庭中。
皎洁青苔露，萧条黄叶风。
含情不得语，频使桂华空。

另外高棅还提到了“体合风骚”，这涉及评价张九龄诗歌成就的另外一个重要方面，说的是张九龄诗歌继承了以《国风》为代表的《诗经》，以及以《离骚》为代表的《楚辞》“借物咏怀，伤时忧国”的传统。张九龄诗作中著名的《感遇》十二首[49]正是继承这种风骚传统的典范。在张九龄《感遇》组诗中，最具代表性的是位列《唐诗三百首》开篇的“其一”和“其七”这两首。全诗分别如下：

其一

兰叶春葳蕤，桂华秋皎洁。
欣欣此生意，自尔为佳节。

谁知林栖者，闻风坐相悦。
草木有本心，何求美人折。

其七

江南有丹橘，经冬犹绿林。
岂伊地气暖，自有岁寒心。
可以荐嘉客，奈何阻重深。
运命唯所遇，循环不可寻。
徒言树桃李，此木岂无阴。

尽管张九龄被贬荆州后创作的《感遇》组诗与陈子昂屡遭排挤后创作的《感遇》组诗在诗歌史上经常被相提并论，但两人笔下的《感遇》之“遇”的意味迥然不同。如果说陈子昂只是单纯地从“小我”的角度抒发个体生活处境上的怀才不遇，那么张九龄则是站在“大我”的高度表达出人类整体生命境遇中的哲理性领悟，后者相比前者抒发的情怀要宽广得多，也深厚得多。

总而言之，张九龄不仅凭借其非凡的文学天赋，顺利通过科举登第，并借助有识之士的赏识与举荐，在官场一步步走向大唐宰相之位，成为岭南地区历史上的首位宰相，而且还凭借其上承诗经离骚传统，后接汉魏五古章法的诗作，在盛唐开创出“雅正冲淡”“深秀委婉”的“曲江体”艺术风格，不仅成为破除唐初藻丽绮靡诗风、开启盛唐一代风雅气象的关键人物，而且后来还在其故乡岭南地区成为百代岭南诗风的开山鼻祖，成为名副其实的“岭南第一人”。

注　释

1

今为广东省韶关市始兴县。始兴县是客家人的聚居地，也是联合国认定的“中国地名文化遗产——千年古县”“中国围楼文化之乡”。

2

［唐］张九龄《谢两弟移官就养状》，载［清］董诰等编《全唐文》卷二百八十九，北京：中华书局，1983年，第2936页。

3

［宋］宋祁等《新唐书》卷一百二十六列传第五十一，北京：中华书局，1975年，第4428页。

4

关于惠能的生卒年记载，参［宋］赞宁撰《唐韶州今南华寺惠能传》，载《宋高僧传》卷第八，北京：中华书局，1987年，第173页、第175页。

5

关于张九龄的生卒年记载，参［唐］徐浩《唐尚书右丞相中书令张公神道碑》，载［清］董诰等编《全唐文》卷四百四十，北京：中华书局，1983年，第4489页、第4491页。

6

关于张九龄中进士确切时间的考证，参张效民《张九龄研究：长安二年科举及开凿大庾岭路考辨》，北京：商务印书馆，2022年，第91—101页。

7

关于惠能从广州移居韶州弘法的具体年份的考证，参印顺著《中国禅宗史》，北京：团结出版社，2010年，第135页。

8

王焰安《试论张九龄的民间传说》，《韶关学院学报》第30卷第1期。

9

六祖圆寂后，唐宪宗李纯谥惠能为“大鉴禅师”。［日］高楠顺次郎等编校《大正新修大藏经》（简称《大正藏》）第51册《传法正宗记》卷第六，东京：新文丰出版有限公司，1983年，第748页。

10

［后晋］刘昫等《旧唐书》卷九十九列传第四十九，北京：中华书局，1975年，第3097页。

11

同上书，卷八十九列传第三十九，第2897页。

12

同上，第2901页。

13

［清］董诰等编《全唐文》卷四百四十，北京：中华书局，1983年，第4489页。

14

［后晋］刘昫等《旧唐书》卷九十九列传第四十九，北京：中华书局，1975年，第3097页。

15

［唐］张九龄《曲江集》，广州：广东人

民出版社，1986年，第14页。

16

［唐］徐浩《唐尚书右丞相中书令张公神道碑》，载［清］董诰等编《全唐文》卷四百四十，北京：中华书局，1983年，第4489—4490页。

17

［后晋］刘昫等《旧唐书》卷九十九列传第四十九，北京：中华书局，1975年，第3097页。关于张九龄登第后所授官职,《旧唐书》记载是右拾遗，而《新唐书》和徐浩《唐尚书右丞相中书令张公神道碑》均记载为左拾遗。鉴于《旧唐书》成书更早，这里选用《旧唐书》的说法。

18

关于张说被贬岭南的具体经过和确切时间，参［宋］司马光编著《资治通鉴》卷第二百七十唐纪二十三,［元］胡三省音注，北京：中华书局，1956年，第6566页。

19

［宋］宋祁等《新唐书》卷一百二十六列传第五十一，北京：中华书局，1975年，第4424页。

20

李世亮著《张九龄年谱》，广州：广东高等教育出版社，1994年，第16页。

21

应为今北江支流浈江。参［唐］张九龄撰《张九龄集校注》卷二，熊飞校注，北京：中华书局，2008年，第137页。

22

始兴郡治所在今韶关市南，古称曲江，唐开元时称韶州。参［唐］张九龄撰《张九龄集校注》卷二，熊飞校注，北京：中华书局，2008年，第137页。

23

这首诗是张九龄于开元四年辞官南迁时所作。参［唐］张九龄撰《张九龄集校注》卷二，熊飞校注，北京：中华书局，2008年，第136页。

24

［唐］张九龄撰《张九龄集校注》卷二，熊飞校注，北京：中华书局，2008年，第266页。

25

［唐］张九龄《曲江集》，广州：广东人民出版社，1986年，第608页。

26

［清］屈大均《广东新语》卷二，北京：中华书局，1985年，第29页。

27

“补阙”和“拾遗”字面意思类似，意为修补皇上缺漏的东西。左右补阙为武则天在位期间设置的官职，主要负责对皇帝进行规谏和举荐人才。左补阙属门下省，右补阙属中书省。补阙比拾遗的官阶要高，拾遗为正八品，补阙为正七品。

28

［唐］徐浩《唐尚书右丞相中书令张公神道碑》载：“始兴北岭，峭险巉绝；大庾南谷，坦然平易。公乃献状，诏委开通。曾不浃时，行可方轨。特拜左补

阙。”参［清］董诰等编《全唐文》卷四百四十，北京：中华书局，1983年，第4491页。

29

司勋员外郎为唐代尚书省所辖吏部官职，掌管勋绩、功赏等事务。唐代诗人崔颢和杜牧都曾担任过这个官职。司勋员外郎官阶正六品，比补阙高一级。［后晋］刘昫等《旧唐书》卷九十九列传第四十九，北京：中华书局，1975年，第3098页。

30

唐太宗指令除三省长官之外的低级官员也参议机要朝政，用“同中书门下三品”或“同中书门下平章事”（简称“同平章事”）的头衔，与三省长官意义上的宰相相当。

31

书令最初是协助皇帝在宫中处理机要政务的官员。隋唐时期中书令为中书省之长官，属宰相职。

32

［后晋］刘昫等《旧唐书》卷九十九列传第四十九，北京：中华书局，1975年，第3098页。

33

唐代中书舍人相当于皇帝的机要秘书，协助皇帝撰写高度公式化的“王言”文书，被认为是比宰相更能接近皇帝的官员。

34

洪州为今江西省南昌市的古称，也是今河南省辉县的古称。此处是指离张九龄故乡岭南相对较近的南昌。

35

中书侍郎是中书省的长官，负责协助中书令管理中书省的事务，是中书省固定编制的宰相。

36

《旧唐书》载：“初，张说知集贤院事，常荐九龄堪为学士，以备顾问。说卒后，上思其言，召拜九龄为中书侍郎。常密有陈奏，多见纳用。”［后晋］刘昫等《旧唐书》卷九十九列传第四十九，北京：中华书局，1975年，第3099页。

37

［后晋］刘昫等《旧唐书》卷九十九列传第四十九，北京：中华书局，1975年，第3099页。

38

［宋］司马光编著《资治通鉴》，［元］胡三省音注，北京：中华书局，1956年，第6840页。

39

［宋］宋祁等《新唐书》卷一百二十六列传第五十一，北京：中华书局，1975年，第4427页。

40

［五代］王仁裕《开元天宝遗事·文帅》卷下，北京：中华书局，2006年，第50页。

41

［唐］杜甫《八哀诗·故右仆射相国张公九龄》，见《全唐诗》卷二百二十二，北京：中华书局，1971年，第2354—2355页。

42

［明］高棅《唐诗品汇》卷一，上海：上海古籍出版社，1982年，第46页。

43

［清］阮元校刻《十三经注疏》卷一，清嘉庆刊本，北京：中华书局，2009年，第568页。

44

应制诗又名“应和诗”，是古代文武官员奉皇帝之命所作或所和的诗，内容以歌功颂德为主。

45

［清］阮元校刻《十三经注疏》卷一，清嘉庆刊本，北京：中华书局，2009年，第568页。

46

清圣祖御制《全唐诗》卷四十八，北京：中华书局，1971年，第588页。

47

［唐］张九龄《曲江集》，广州：广东人民出版社，1986年，第251页。这首诗的具体创作年代已无考，但后人猜测很可能创作于洪州任上，表达了作者贬谪在外，对远在天涯的岭南故乡亲人的思念之情。

48

同上书，第250页、第361页。

49

同上书，第361页、第365页。

第三章

珠玑巷移民大举南迁开发珠三角

——读刘禹锡《畬田行》，看珠三角如何从荒野滩涂演变成人烟阜盛的大湾区

畬田行

刘禹锡（唐代）

何处好畬田，团团缦山腹。
钻龟得雨卦，上山烧卧木。
惊麏走且顾，群雉声咿喔。
红焰远成霞，轻煤飞入郭。
风引上高岑，猎猎度青林。
青林望靡靡，赤光低复起。
照潭出老蛟，爆竹惊山鬼。
夜色不见山，孤明星汉间。
如星复如月，俱逐晓风灭。
本从敲石光，遂至烘天热。
下种暖灰中，乘阳拆牙孽。
苍苍一雨后，苕颖如云发。
巴人拱手吟，耕耨不关心。
由来得地势，径寸有馀金。

第一次注意到刘禹锡的这首诗，是在美国学者马立博（Robert B. Marks）的《虎、米、丝、泥：帝制晚期华南的环境与经济》这本书中。作为国际汉学研究领域的代表作，马立博在该书第二章描写了13世纪末蒙古征服之前的几个世纪里岭南地区人类定居和生态变迁的情况。在阐述珠三角的“塑造”过程时，全文引用了刘禹锡的这首诗[1]，用以表明11世纪水稻种植技术广泛传播之前，刀耕火种曾是岭南地区长期存在的土地开垦方式。

毫无疑问，被马立博引用的这首诗是刘禹锡被贬南方“蛮夷之地”时写成的。9世纪初，刘禹锡先后于唐顺宗和唐宪宗在位期间，因推行政治改革、撰写讽刺诗歌[2]得罪权贵，被贬至郎州、连州和夔州等地任刺史。刘禹锡谪贬的这几个远州，除朗州和夔州属于南方巴楚地区之外，连州[3]则处于更为边远的岭南地区。

马立博在书中提出《畬田行》是刘禹锡被贬连州期间写成的。实际上这个判断可能有误，因为该诗倒数第二句“巴人拱手吟，耕耨不关心”中提到“巴人”，表明这首诗很可能描写的是巴楚地区的夔州，而非岭南地区的连州少数民族刀耕火种的土地开垦场景。

不过，虽然马立博弄错了刘禹锡诗歌描写主题的发生地，但这并不影响他在书中援引这首诗所要表达的主旨，因为岭南连州地区的少数民族在11世纪之前和巴楚地区少数民族的生产水平实际是差不多的，采取的都是刀耕火种的原始土地开垦方式。

令人好奇的是，岭南地区北部山区居民长期采用刀耕火种的土地开垦方式，对早期珠江三角洲演变成人烟阜盛的大湾区究竟起到什么样的连锁推动作用？让我们先从马立博引用的这首《畲田行》开始说起。

一、刀耕火种

诗名中的“畲田”就是采用刀耕火种的方法耕作的田地的意思。刘禹锡被贬南方期间曾多次实地考察畲田的耕种过程。根据他在诗中的描写，这种土地开垦方式大致分四步进行：

当地人先拿着长刀成群结队地上山砍倒大片山林；接着让这些被砍倒的树木在阳光下曝晒一段时日；待树木枯萎变干，就放一把大火将其烧成草木灰；随后就在带有余温的草木灰中播撒种子。

种子发芽得有雨水，播种之后最好尽快下雨，否则种子就会干死灰中，这就是山民上山前要“钻龟得雨卦”的原因。雨水一旦降临，埋在草木灰中的种子凭借雨水的滋润，加上草木灰的营养，自会“苕颖如云发”。种子一旦播下，无须操心耕地和除草，只用下山回家，坐等丰收的到来。

除了详细描绘畲田开垦的具体流程之外，刘禹锡还在诗中用了不少篇幅描写刀耕火种过程中场面最热闹、视觉冲击力最强的环节——放火烧荒的情景。当读到“惊麏走且顾，群雉声咿喔”时，那因大火而受惊的獐子，一边往前跑一边往回看的样子，以及一群群野鸡在一片片咿喔声中，四处惊飞的场面，历历如绘。

还有读到“红焰远成霞，轻煤飞入郭”“风引上高岑，猎猎度青林”“青林望靡靡，赤光低复起”这几句时，千年前南方山民烧荒时的壮丽景象，顿时如电影画面般穿越到眼前。

二、民多流亡

马立博援引这首诗旨在从刘禹锡描写的刀耕火种的细节出发，说明岭南地区生态环境的历史变迁过程。这种刀耕火种的土地开垦活动，如果限定在一定的范围内，对生态环境并不会造成实质性影响。可是，由于中国历史上朝代更替频繁，中原地区战火频仍，导致不断有中原汉人被迫迁移到岭南地区避难。这些不同朝代的汉人来到岭南地区定居之后，受北部山区自然环境所限，被迫和原住民一样采取刀耕火种的土地开垦方式。

南宋末年蒙古人征服岭南之前的漫长历史中，一共发生过三次中原人南迁的浪潮。第一次发生在公元前3世纪秦朝统一天下时期。秦始皇征服百越蛮族后，除安排远征军队就地落根以外，还将六国被灭后逃亡在外的犯人、反抗秦国暴政的平民、入赘为婿的男丁、从事生意买卖的商人等从黄河流域发配至岭南[4]，并在时任龙川县令赵佗的请求下，派遣万人以上的未婚女子南迁，与常驻当地的士卒组成家庭[5]，形成了岭南地区历史上的首次移民浪潮。第二次发生在公元4世纪初叶。当时正值两晋后期，司马氏政权内部发生“八王之乱”，匈奴军队在刘渊之子刘聪率领下攻陷洛阳并大肆抢掠杀戮，造成“永嘉之乱”。为躲避战祸，大批难民被迫南迁，其中有相当一部分人到达长江流域后，继续南迁至岭南。

第三次发生在两宋时期。赵氏王朝先遭女真人攻占北部都城，被迫迁都江南临安，后被蒙古人步步威逼辗转南方沿海各地，大批流民也随之被迫迁居南方避难。这次移民浪潮一直持续到1270年蒙古人完全征服中国为止。

在上述三次汉人南迁的移民浪潮中，除第一次以军政性移民为主之外，其余两次都是由于游牧民族入侵中原导致难民被迫向南迁移，这些难民中有不少人越过南岭山脉向远离战火的岭南地区迁移。

随着历代移民数量的不断增加，岭南山区采取刀耕火种的人口越聚越多，久而久之达到一定的数量后，横亘在两广地区北部的南岭山脉的森林资源就遭受了极大的破坏。南岭山脉自古以来就是连绵不绝的原始森林。因战乱分批到来、零散定居在此的北方移民，以类似打游击的方式进行刀耕火种的游耕活动。这样做的直接后果是把本来连绵不绝的森林人为切割成很多个分散的部分，致使原来一直生活在南岭山脉原始森林中的华南虎等大型捕食动物逐渐失去了生存的空间，因为它们只有生活在大面积的整片森林中才有可能捕捉到足够多的有蹄类猎物。大量的历史资料显示，华南虎一度生活在岭南地区除海南以外的很多地方。明代的地方志也多次提到老虎，但在明朝晚期由于森林整体性遭受破坏，导致华南虎失去了赖以生存的家园，使得华南虎这种“明星物种”逐渐从岭南地区的北部森林中绝迹[6]。

三、岭外毒瘴

不过，与广东北部山区的情况不同，在珠三角低地地带土生土长的傣族土著很早就掌握了水稻种植技术，但由于汉人移民十分畏惧珠三角低地地带潮湿地理环境中滋生的瘴气，导致至少在南宋末年蒙古大军南下之前，中原移民并不敢大规模地迁往珠三角南部地区，而是选择聚集在他们首先到达的北部山区落脚。

中国古代文明的空间发展向来是自北向南延伸的，北方中原地区长期位居文明的中心，而淮河以南地区则长期处于相对落后的“蛮荒”状态。即便至隋唐和北宋时期，南方不少地区已经取得很大发展的情况下，在中原官方和文人士大夫的观念和想象中，整个南方地区依然被认为是瘴气横行的化外之地。

例如南朝宋范晔曾在《后汉书·南蛮传》中描述南方的瘴气说：“南州水土温暑，加有瘴气，致死者十必四五。”书中明确说到南方的瘴气会置人于死地，单此一点就足以让中原人对岭南地区“望而却步”。

再如北朝北齐人魏收曾在《魏书》卷九六《僭晋司马叡传》中这样表达北魏官方对整个南方地区的落后想象：“巴、蜀、蛮、獠、谿、俚、楚、越，鸟声禽呼，言语不同，猴蛇鱼鳖，嗜欲皆异。……地既暑湿，多有肿泄之病，障气毒雾，射工、沙虱、蛇虺之害，无所不有。”[7]

又如唐代李延寿在《北史·柳述传》中记载隋炀帝杨坚女婿柳述之死时说：“述在龙川数年，复徙宁越，遇瘴疠死。”[8]唐代诗人沈佺期谪贬岭南过大庾岭时在《遥同杜员外审言过岭诗》一诗中感叹说：“洛浦风光何所似？崇山瘴疠不堪闻。”[9]以及杜甫听闻李白流放夜郎后，在积思成梦而作的《梦李白诗》中也说：“江南瘴疠地，逐客无消息。”[10]

北宋时期，一度在广西任职的官员梅挚甚至写下著名的反腐名篇《五瘴说》，借南方瘴气来讽刺和批评当时贪官污吏的丑恶行为，今天读来不禁拍手称快。《五瘴说》称：

仕有五瘴：急征暴敛，剥下奉上，此租赋之瘴也；深文以逞，良恶不白，此刑狱之瘴也；昏晨醉宴，弛废王事，此饮食之瘴也；侵牟民利，以实私储，此货财之瘴也；盛拣姬妾，以娱声色，此帏薄之瘴也。有一于此，民怨神怒，安者必病，病者必殒，虽在毂下，亦不可免，何但远方而已。仕者或不自知，乃归咎于土瘴，不亦谬乎。[11]

南宋周去非《岭外代答》对南方瘴气的发病症状过程的描述最为详尽。书中记载说：

南方凡病，皆谓之瘴，其实似中州伤寒。盖天气郁蒸，阳多宣泄，冬不闭藏，草木水泉，皆禀恶气。人生其间，日受其毒，元气不固，发为瘴疾。轻者寒热往来，正类病疟，谓之冷瘴。重者纯热无寒，更重者蕴热沉沉，无昼无夜，如卧灰火，谓之热瘴。最重者，一病则失音，莫知所以然，谓之哑瘴。冷瘴未必死，热瘴久必死，哑瘴治得其道，间亦可生。[12]

周去非对瘴气的发病症状的描述和现代医学描述的疟原虫感染症状类似。由此，马立博提出，瘴气是通过一种按蚊传播的由寄生虫引起的疟疾病。这种疾病极可能来自热带非洲，但直到新石器时代才开始传播到包括华南在内的其他地区。马立博认为，按蚊携带着三种对人类有害的疟原虫，每种各自会导致一种疟疾。其中两种会导致间断性的发烧，但对于没有免疫力的人群还不是最严重的，另一种由恶性疟原虫导致的每三天一次的恶性发烧才是“最严重的疟疾”。马立博进一步指出，这三种疟疾究竟哪一种在岭南处于主导地位现在还不清楚，但根据一般寄生虫流行病学和新移民在岭南经常死于疟疾的历史事实来看，当地最流行的很可能是恶性疟原虫。

在医学不发达的年代，古代中原人对传言中的岭南瘴气心存可怖的想象。而且中国古代人的世界观是整体性的，他们往往会从瘴气的“不好”，联想到瘴气发生地的“不好”，然后还会从瘴气发生地的“不好”，再进一步联想到瘴气发生地的人的“不好”。这样，在古代中原人眼中，瘴气就不只是局部性疾病这么简单，它简直就是南方地区整体性落后的象征。

此外，值得注意的是，由于按蚊生存条件的特殊性，这种传染病只会在特定的条件下才会出现和传播，因此古代岭南地区并非处处都有瘴气，地处北部山麓的南雄、韶州和连州一带几乎从未出现过瘴气，只有珠江三角洲南部才会出现严重的瘴气。出现这种差别的主要原因是海拔较高的北部山区缺乏按蚊生存的适宜条件，而低洼积水的南部河谷低地才是按蚊繁殖的温床。对于没到达过岭南的汉人而言，岭南地区处处皆是瘴气，可对于实地迁移至岭南的汉人而言，他们确实又具有足够的知识精准判断岭南地区哪些地方有瘴气，哪些地方没有瘴气。这就导致历代通过梅关古道和广西灵渠移民至岭外的汉人，大都选择定居在他们首先到达的广东北部和广西，而不敢继续南下向他们认为的瘴气横行的“深广之地”迁移。

四、移民南迁

这种情况一直持续到南宋末年蒙古大军南下为止。面对蒙古大军南下压境，历代聚集在广东北部和广西的中原和江南移民对蒙古人的畏惧首次超过对瘴气的畏惧，这时他们才不得不继续向珠三角腹地迁移。直到这一时期，中原和江南移民才被迫大规模地迁往珠三角地区，从而掀起来了开发珠三角的热潮。

这里要特别提到广东南雄珠玑巷。作为唐代开元名相张九龄负责开凿的梅关驿道上的重镇，这里曾是历代移民越过大庾岭后首先到达的地方，也是历代移民越过大庾岭后多数人选择定居的地方。到南宋末年蒙古大军南下之际，这些世代安居在此的中原和江南世家大户才不得不再一次拖家带口向此前他们不敢前往的“深广之地”[13]进发。自北宋末年至元初两百多年间，一批又一批的中原人和江南人因战乱越过大庾岭迁移至南雄珠玑巷，又从珠玑巷沿着北江南渡至广州，再从广州南迁至珠三角各地。

屈大均《广东新语》卷二有载：“吾广故家望族，其先多从南雄珠玑巷而来。盖祥符有珠玑巷，宋南渡时诸朝臣从驾入岭，至止南雄，不忘枌榆所自，亦号其地为珠玑巷。如汉之新丰，以志故乡之思也。”[14]屈大均的这段记载不仅解释了珠玑巷名称的历史由来，而且还说明了珠三角广府世家大族的先祖来自珠玑巷的历史渊源[15]。

翻开珠三角各地世家大族的谱牒，上面均有记载先祖来自中原并且故乡是珠玑巷的记载。例如珠海唐家湾的唐氏家族在近代史上走出唐绍仪、唐廷枢、唐国安等深刻影响中国历史进程的人物，其族谱上就明确记载：南宋开禧二年（1206）唐居俊（字绍尧）从南雄府始兴县珠玑巷迁移至香山县釜涌境（珠海唐家湾的旧称）定居[14]。而唐居俊被认为是宋朝宰相唐介的九世孙，数百年来，唐家唐氏宗亲每年都会在清明节前的寒食节当日，集体祭拜这位一度位居宰辅的先祖。

广州番禺市桥的谢氏家族在当地堪称第一大姓，其族谱中甚至附有《珠玑村三十三姓九十七人流徙铭》：“珠玑流徙，罗、湛、郑、张、尹、文、苏、陈、谢、麦、卢、汤、温、胡、赵、伍、曹、区、李、梁、吴、冯、谭、蔡、阮、郭、廖、黄、周、黎、柯、陆、高发其祥。”[15]根据今人中山黄慈博《珠玑巷民族南迁记》遗稿收藏的谱牒记载，自珠玑巷迁徙而来的家族姓氏，除了《谢氏族谱流徙铭》所提到的三十三姓外，另外还有庞、康、唐、邝、丁、雷、孔、邓、孙、司徒、邵、任、朱、魏、程、侯、鲍、缪、房、容、潘、冼、祁、袁、姚、蓝、萧、韩、甘、林、杨、梅、吕、严、刘、关、屈、余等四十姓，合计七十多姓。这七十多姓的族人迄今都散居在珠江三角洲各个地方。[16]

可以说，如今分布于珠江三角洲讲粤语方言的广府人大都是原珠玑巷居民的后裔。他们的先祖自珠玑巷迁居珠三角后，除一部分在当地落地生根以外，还有很大一部分后来在近代漂洋过海，移居全球五大洲90多个国家和地区。如今珠玑巷作为全球广府人的祖居之地而成为广府民系的认同物[17]和中国三大寻根地之一，每年都有成千上万的广府人后裔从世界各地赶来寻根问祖。

五、拦沙造田

历代北方移民的大规模迁入导致岭南北部山区刀耕火种的泛滥开垦，这个过程引发严重的生态后果。大片的原始森林遭到破坏，导致大型“明星物种”灭绝，尤其是水土流失连年加剧，自北而南流往珠三角低洼地带的东、西江和北江里的泥沙含量逐年增多。

每年夏季季风来临之际，岭南地区短期内会产生大量的降水。西边的降水全部汇入西江，北边的降水则全部汇入北江，西、北江和发端于连南县的绥江在广州西面的佛山三水交汇，形成珠江三角洲的源头。此外东面的降水汇入东江，再汇入广州东面的东江河口。由于上游山区放火烧荒导致水土流失，雨季湍急的江水夹带着泥沙顺流而下，使越来越多的泥沙沉积在西江和北江中下游，形成洪泛区。南宋末年自珠玑巷迁移过来的移民大规模地迁往珠三角地区后，每年雨季都不得不遭受洪水泛滥之苦。

为了对付家门口雨季频发的水灾，一些世家大户聚集人力物力在东、西、北江下游建立大量的防洪堤坝[18]。例如2020年入选世界灌溉工程遗产名录的佛山桑园围就是在这个时期修建起来的。除佛山桑园围以外，南宋绍兴年间（1131—1162）在雷州地区修建了近25,000丈海堤，使得大约10,000顷的耕地免遭海潮淹没和台风袭击[19]。1089年在东莞也修建了咸潮堤12,806丈，保护21,028顷的土地不受侵害[20]。据统计，整个宋代在珠江上游共修建堤围28条，长达660,024丈，获得良田24,322顷[21]。这些防洪堤坝的修建，使得来自东江、西江和北江上游的泥沙不再淤积在下游的洪泛区，而是被固定河道内湍急的江水连续不断地冲往更远的出海口[22]，这个过程的长期结果就使得珠三角地区的陆地平面不断地向外海推移，大片的沙洲渐渐从浅浅的海湾中升起变成陆地供人类开垦居住。

当自然形成的沙洲渐渐升起至接近海平面时，附近居民就会架着小船来到沙洲四周投放石块，久而久之沙洲周围就会形成牢固的围堤，上游下来的泥沙就可在围堤内快速地沉积，本仅为接近水面的沙洲很快就可露出水面变成结实的沙坦。此后附近居民再花三五年时间用土法改造土壤表面，沙坦就可变成良田，供人们种植粮食作物。并且，最初的沙坦一旦形成，就会有更多的泥沙在下游沉积，随后在下游就会形成更多的沙坦，等到沙坦连成一片，附近居民就可将其改造成万亩良田。借用马立博的说法，如果将最初的沙坦和由其延伸出来的沙坦之间的关系比喻为“母子沙坦”，那么我们完全可以说是沙坦的家族组成了珠江三角洲[23]。

翻开谭其骧主编的《中国历史地图集》[24]，就会发现珠江三角洲在宋代以前陆地面积非常稀少，新会南面是浅海，西江和北江的下游终点只到顺德境内，中山、珠海和澳门一带更是一些散落在珠江口西岸的偏僻海岛，广州以南的番禺到处布满浅浅的海水，东江三角洲也是浅海。那时候的广州人和今天住在香港浅水湾的居民一样，可以在家门口远眺一望无际的大海。广州南沙在宋代以前本是一片汪洋大海，后经历代移民连续不断地拦沙造田，才逐步形成大片的陆地，一开始是第一涌、第二涌，接着是第三涌、第四涌……陆地面积不断地向伶仃洋上推移，一直延伸到今天大家常去品尝海鲜大餐的十九涌码头。

总而言之，正如马立博所言，珠江三角洲并不是现成地摆在那里等待着中原移民去开垦的，相反它是由一系列复杂的因果链共同塑造的。[25]历代移民岭南的汉人由于惧怕珠三角南部的瘴气而大量聚居在粤北山区，他们的刀耕火种的游耕活动最终导致了水土流失，大量泥沙沿着西江、北江和东江顺流而下，沉积在下游的洪泛区。直到宋代兴建大量的防洪堤坝以后，泥沙才沿着固定河道被冲向更远的出海口。加之南宋末年蒙古大军南下，迫使粤北山区移民迁往珠三角低地地带，他们在珠江下游出海口拦沙造田，使珠三角的陆地不断向外海推移，大片的沙洲变成陆地供人类开垦居住。因此，珠江三角洲由瘴气横行的荒野滩涂演变为人烟阜盛、繁华热闹的中心湾区，并非纯粹自然作用的结果，相反是由大量历史的偶然因素合力塑造的结果。马立博的猜测也许是真的，如若没有蒙古南下这一历史的“偶然事件”，很难说珠三角的“华丽转身”进程就一定会发生。

注　释

1

［美］马立博著《虎、米、丝、泥：帝制晚期华南的环境与经济》，王玉茹、关永强译，南京：江苏人民出版社，2012年，第67页。

2

元和十年（816），44岁的刘禹锡因创作《元和十年自朗州召至京戏赠看花诸君子》讽刺朝廷当权新贵而被贬广东连州。在此之前的贞元九年（805），33岁的刘禹锡因参加“永贞革新”被贬连州当刺史，在赴任途中改贬朗州当司马。

3

连州即今广东省连州市，地处南岭之中的萌渚岭南麓，与湖南省交界，现为清远市代管的县级市。刘禹锡元和十年被贬于此居留近五年。

4

史载：“三十三年，发诸尝逋亡人、赘婿、贾人略取陆梁地，为桂林、象郡、南海，以谪遣戍。”［汉］司马迁撰《史记·秦始皇本纪》，北京：中华书局，1982年，第253页。

5

史载：“尉佗知中国劳极，止王不来，使人上书，求女无夫家者三万人，以为士卒衣补。秦皇帝可其万五千人。”［汉］司马迁撰《史记·淮南衡山列传》北京：中华书局，1982年，第3086页。

6

如今，华南虎已超过大熊猫被联合国列为世界十大濒危物种之首，我们只有在动物园才能看到它们的身影，但这并不影响其成为岭南地区重要的文化象征。例如，一度夺得CBA总冠军的广东宏远宝玛仕篮球队就素有“华南虎”的美称；已于两年前解散的广东华南虎足球俱乐部也曾以一只张开利爪的华南虎的形象作为徽章符号。

7

［北齐］魏收撰《魏书·司马叡列传》卷九十六列传第八十四，北京：中华书局，1974年，第2093页。

8

［唐］李延寿撰《北史·柳述列传》卷六十四列传第五十二，北京：中华书局，1974年，第2287页。

9

沈佺期与杜审言同一年谪贬岭南，杜审言先行过大庾岭，沈佺期后一步过岭时作。参阅《沈佺期集校注》卷二诗（神龙元年—景龙元年）《遥同杜员外审言过岭》，北京：中华书局，2001年，第85页。

10

［唐］李白著《李太白全集》卷三十二附录二，［清］王琦注，北京：中华书局，1977年，第1485页。

11

杜海军辑校《桂林石刻总集辑校收藏》，北京：中华书局，2013年，第245页。

12

［宋］周去非著《岭外代答校注》，杨武泉校注，北京：中华书局，1999年，第152页。

13

同上书，第151页。

14

参珠海市香洲区唐家湾镇人民政府、珠海市地方志办公室合编《唐家湾镇志》，广州：岭南美术出版社，2006年，第247页。

15

广东南雄珠玑巷后裔联谊会，南雄市政协文史资料委员会编《南雄珠玑巷南迁氏族谱·志选集》，2003年，第12页。

16

同上书，第13页。

17

珠玑巷在历史上是广府人的祖居之地，但今天的珠玑巷人以客家人为主，属于客家民系。

18

据统计，宋代在东、西、北江下游建立防洪堤坝共计达35条，长约9万丈，护田3万多顷。参阅曾昭璇、曾宪珊著，南雄珠玑巷人南迁后裔联谊会筹委会编《宋代珠玑巷迁民与珠江三角洲农业发展》，广州：暨南大学出版社，1995年，第15页。

19

转引自［美］马立博著《虎、米、丝、泥：帝制晚期华南的环境与经济》，王玉茹、关永强译，南京：江苏人民出版社，2012年，第74—75页。

20

同上书，第75页。

21

叶显恩、谭棣华，“明清珠江三角洲农业商业化与墟市的发展”，《广东社会科学》1984年第2期。

22

珠江三角洲自东向西经虎门、蕉门、洪奇门、横门、磨刀门、鸡啼门、虎跳门、崖门八大口门注入南海。

23

［美］马立博著《虎、米、丝、泥：帝制晚期华南的环境与经济》，王玉茹、关永强译，南京：江苏人民出版社，2012年，第79页。

24

谭其骧主编《中国历史地图集》，北京：中国地图出版社，1975—1982年。

25

［美］马立博著《虎、米、丝、泥：帝制晚期华南的环境与经济》，王玉茹、关永强译，南京：江苏人民出版社，2012年，第80页。

第四章

韩愈反对迎佛骨被谪贬岭南初尝南食

——读韩愈贬谪诗文，看其来潮州赴任期间都经历了些什么

初南食贻元十八协律

韩愈（唐代）

鲎实如惠文，骨眼相负行。
蠔相黏为山，百十各自生。
蒲鱼尾如蛇，口眼不相营。
蛤即是虾蟆，同实浪异名。
章举马甲柱，斗以怪自呈。
其余数十种，莫不可叹惊。
我来御魑魅，自宜味南烹。
调以咸与酸，芼以椒与橙。
腥臊始发越，咀吞面汗骍。
惟蛇旧所识，实惮口眼狞。
开笼听其去，郁屈尚不平。
卖尔非我罪，不屠岂非情。
不祈灵珠报，幸无嫌怨并。
聊歌以记之，又以告同行。

岭南地区地处中国大陆最南端，远离北方文明中心，又有南岭山脉阻挡，交通不便，使得其在漫长的中国古代史中，文明发展的程度和中原地区相比一度存在很大的差距。加之中原地区有不少典籍对岭南地区致命的瘴气有过渲染性记载，使中原人心目中对岭南地区长期存在可怕的偏见。这种情况导致的一个后果是，历朝历代若有官员“犯错”，皇帝就会将其贬谪到远离京师的岭南地区为官生活一段时间，作为一种严厉的惩戒和处罚。唐代著名诗人韩愈就是历代众多被贬岭南的官员中的一位。

韩愈一生有过两度贬谪岭南的经历。第一次发生在唐德宗李适贞元十九年（803）[1]，时年36岁的韩愈因上疏《御史台上论天旱人饥状》反对地方官吏横征暴敛，被贬为广东阳山县令。第二次发生在唐宪宗李纯元和十四年（819）[2]，时年52岁的韩愈因上疏《论佛骨表》反对唐宪宗迎佛骨到都城长安而被贬为潮州刺史。令人好奇的是，被苏东坡盛赞为“文起八代之衰，道济天下之溺，忠犯人主之怒，勇夺三军之帅”[3]的韩愈，被贬谪至“山高皇帝远”的岭南就任期间究竟经历了些什么？

一、贬谪缘起

韩愈3岁时，其父早逝，此后由其兄长韩会抚养长大。后来韩会因受宰相元载牵连被贬任岭南韶州[4]刺史，病逝于韶州任上。兄长过世后，韩愈先是随寡嫂回河阳原籍安葬兄长，但不得久居，只得随着寡嫂郑氏辗转至江南宣州（今安徽省宣城市宣州区）的旧居避难，长期过着颠沛流离的生活。后来郑氏过世后，韩愈曾作《祭郑夫人文》[5]吊祭感念养育之恩。

韩愈自幼发奋读书，但历经四次科举才成功登进士第。后屡经举荐，并于唐德宗贞元十九年（803）升任为监察御史[9]。史载韩愈入仕为官期间，“发言真率，无所畏避，操行坚正，拙于世务”[6]，正是这种性格特点使其仕宦生涯屡屡遭遇挫折。

韩愈到京上任监察御史之际，恰值关中地区闹旱灾。他四处查访后发现灾情十分严重，大批灾民流离失所，饿殍遍野，可拥有宗室身份的京兆尹李实想掩盖实情，欺上瞒下。痛心疾首的韩愈愤然上疏《御史台上论天旱人饥状》，要求朝廷体恤民情，减轻赋税，遭到李实等权臣的诬陷，被贬为阳山县令[8]。

韩愈被贬的阳山县，在唐代隶属岭南道，当时尚属未开化的蛮荒之地。韩愈曾在《送区册序》中这样描述阳山地区的落后境况：“阳山，天下之穷处也，陆有丘陵之险，虎豹之虞，水有江流悍急，横波之石，廉利侔剑戟，舟上下失事，破碎沉溺者，往往有之。县郭无居民，官无丞尉，夹江荒茅篁竹之间，小吏十余家，皆鸟言夷面。”[9]在《答张十一功曹》中，韩愈又说：“未报恩波知死所，莫令炎瘴送生涯。吟君诗罢看双鬓，斗觉霜毛一半加。”[10]该诗既表达了其对阳山恶劣生存环境的恐惧，又抒发了其对返回京城遥遥无期的迷茫与叹息。在《赴江陵途中寄赠翰林三学士》中，韩愈更为鲜明地描述了贬谪阳山时的窘迫与凄惨：[11]

中使临门遣，顷刻不得留。
病妹卧床褥，分知隔明幽。
悲啼乞就别，百请不领头。
弱妻抱稚子，出拜忘惭羞。
黾勉不回顾，行行诣连州。
朝为青云士，暮作白头囚。

韩愈在阳山一共待了一年多，后被召回长安任国子博士。此后几经沉浮，至元和十四年（819）正月，唐宪宗派人从陕西凤翔迎佛骨到都城长安，向来以儒家“道统”继承者自居、“素不喜佛”的韩愈愤然上疏《论佛骨表》，义正词严地向宪宗表明，“佛本夷狄之人，与中国言语不通，衣服殊制；口不道先王之法言，身不服先王之法服，不知君臣之义、父子之情”。韩愈指出宪宗迷信佛教是严重偏离先王之道和儒家正统的错误之举，如果一意孤行必将在后世贻害无穷，并引用孔子“敬鬼神而远之”的教诲，乞求宪宗下令将佛骨“付之有司，投诸水火，永绝根本，断天下之疑，绝后代之惑”[12]。

由于其奏疏言辞犀利，情绪激烈，宪宗阅毕大为震怒，说：“愈言我奉佛太过，我犹为容之。至谓东汉奉佛之后，帝王咸致夭促，何言之乖刺也？愈为人臣，敢尔狂妄，固不可赦。”[13]宪宗本要将其处以极刑，后经裴度、崔群等大臣劝阻，念其“内怀忠恳，不避黜责”[13]，才改判为谪贬潮州任刺史。

二、赴粤路线

元和十四年（819），韩愈从长安出发赶赴千里之外的潮州赴任。现代学者根据韩愈谪贬期间写作的“云横秦岭家何在，雪拥蓝关马不前”（《左迁至蓝关示侄孙湘》）、“商颜暮雪逢人少，邓鄙春泥见驿赊”（《次邓州界》）、“南阳郭门外，桑下麦青青”（《过南阳》）、“犹有国人怀旧德，一间茅屋祭昭王”（《题楚昭王庙》）、“南行逾六旬，始下昌乐泷”（《泷吏》）等诗文所述，考证韩愈赴任广东时走的路线是著名的“商山路”[14]。

该路线具体为：出长安后向东南走西京至蓝田间驿道，复转蓝田、武关驿道；再向东南入邓州，南下过襄州；经荆州渡江，南下过岳、潭、衡、郴等州，然后越梅岭至韶州，最后由广州东行，抵达潮州。[15]这条亦被详称为“商山湖湘线”的路线是唐代自长安赴岭南最安全、最便捷的路线，初唐以降有包括张说、张九龄、刘禹锡、柳宗元等官员和诗人都曾往返于此路。

值得一提的是，当韩愈只身一人行至蓝田关（位于今山西省蓝田县东南）时，妻子儿女尚未跟上，侄孙韩湘[16]远道赶来，愿与他同赴潮州。韩愈见到侄孙时，将《论佛骨表》的奏章出示给他看，并写下著名的《左迁至蓝关示侄孙湘》一诗：

一封朝奏九重天，夕贬潮州路八千。
欲为圣明除弊事，肯将衰朽计残年。
云横秦岭家何在？雪拥蓝关马不前。
知汝远来应有意，好收吾骨瘴江边。[17]

在这首诗中，韩愈描述了此次遭贬的缘由，表达了对无故遭贬的愤懑和义无反顾匡扶正义的决心，以及抒发了因谪贬赴任导致生离死别的悲痛与凄凉。

此外，我们还可以从韩愈那组《赠元十八协律六首》[18]中提到的“扶胥”“屯门”[19]等地名看出，他抵达广州后，是东行取水路赶赴潮州的。该组诗末首如下：

寄书龙城守，君骥何时秣？
峡山逢飓风，雷电助撞捽。
乘潮簸扶胥，近岸指一发。
两岩虽云牢，水石互飞发。
屯门虽云高，亦映波浪没。
余罪不足惜，木生未宜忽。
胡为不忍别？感谢情至骨。

三、初尝南食

值得注意的是，元和十四年（819），韩愈经梅岭南下潮州途中[20]，第一次品尝到了岭南地区的粤菜，写下一首诗赠给远方好友元十八协律[21]，分享了他对粤菜中各种生猛食材的新奇印象。让我们来细读这首《初南食贻元十八协律》[22]，看看韩愈是如何以一个初到岭南的“北佬”心态描述第一次见到粤菜中千奇百怪的食材时的新奇感受的。

诗中一共提到了七种粤菜食材，韩愈根据自己认为的“新奇”等级将其顺序做了排名，分别是：鲎、蠔、蛤、蒲鱼、章鱼、江瑶柱和蛇。

第一句提到了第一种食材：鲎（hòu）。鲎是一种与蟹类似的甲壳类动物，身体呈褐色，身上披有坚硬的甲壳。韩愈将鲎身上厚厚的甲壳比喻为古代武官头上戴的冠帽，这种冠帽相传为战国时赵惠文王所创。“骨眼”说的是鲎背上不仅长有突出的骨头，而且两侧各长有两只眼睛。在繁殖季节，往往雌鲎背着雄鲎如影随形，沿海渔民美其名曰“海底鸳鸯”。

广东和福建等沿海地区自古以来就有把鲎当作海鲜食用的习惯。不过，由于鲎的血液是蓝色的，科学家从中提取“鲎试剂”，用以做成注射液和疫苗用来检测和对抗人体组织中的细菌感染，巨大的经济价值致其连年遭受捕杀，如今变成了国家二级保护动物，以致逐渐从沿海居民的餐桌上消失了。想来韩愈还是有口福的，他一到珠三角就品尝到了鲎的美味，可如今生活在珠三角的人们，有几个知道甚至品尝过鲎这种海鲜呢?

第二句提到了第二种食材：蠔。蠔在今天俗称生蚝。生蚝凭借外壳天生具有的黏性，将自己黏附在石头或木桩上过活，大量的生蚝聚集在一起，形成“蠔山”。“百十各自生”说的是，尽管生蚝喜欢聚集在一起，但又生活在各自独立的“小房子”里。

第三句提到了第三种食材：蒲鱼。蒲鱼是一种鳐目科的软骨鱼类，其特征是：扁平的身体后面拖着一个细长如蛇的尾巴。“口眼不相营”说的是蒲鱼的嘴巴和眼睛不生长在同一个平面上，眼睛和喷水孔长在背上，嘴巴却生长在腹部，样子非常奇怪。不过，蒲鱼虽然长得怪异，但其肉质嫩滑，是清蒸类粤菜中的上等食材。

第四句中提到的第四种食材蛤（há），又叫虾蟆（há ma）。韩愈认为这种动物虽有两个不同的名字，但实际上说的是同一种东西。这其实是一种体型类似蟾蜍但比蟾蜍要小，背部呈暗褐色，常居于田间地头、山林沼泽附近，以昆虫为食物的泽蛙。

第五句说到的第五种食材章举是今天俗称的章鱼。章鱼的外形特征最明显的是其身体两侧共长有八条又细又长的触手，因此又称“八爪鱼”。

诗中说的第六种食材马甲柱今天称作江瑶柱。韩愈描写的这两种以怪异的形状争奇斗胜的动物，迄今仍是沿海地区居民餐桌上的常见海鲜，尤其是干制江瑶柱，肉质鲜嫩，是广东人煲汤时爱用的珍品。此外韩愈还提到了几十种从未见过且说不出名的食材，个个都让他这个初来乍到的“北佬”叹为观止。

接下来是“我来御魑魅”，意思是“让我来搞定这些魑魅鬼怪吧”。韩愈把盘中海鲜比喻为《山海经》中的蛮荒鬼怪，难以想象他在初次入口海鲜料理之前，究竟是费了多大的勇气。上述各种生猛食材按照南方的做法烹煮汆烫之后，拌入咸酸汁水，蘸着花椒粉和橙子酱开吃，结果越吃越腥，越嚼越臊，实在受不了了，就干脆大口大口地吞咽，一直吞到大汗淋漓，面红耳赤。可以想象这“初尝南食”的吃相究竟有多难看，过程该有多痛苦。

最后几句重点讲到了“蛇”，这可能是韩愈在北方见过但未吃过的食材。韩愈先描写了笼中之蛇面目可憎的样子，接着说打开笼子准备将其放生，蛇非但没有表现出感激之意，反倒一直盘曲着身子做出愤愤不平的样子。韩愈幽默地说，又不是我将你卖到这里来的，不杀你难道不是因为对你有情？不求你拿灵珠来报答我，只求不招致你的嫌怨就是万幸。

以上为韩愈这首《初南食贻元十八协律》字面呈现的内容，不过如果能透过其字面含义把握其背后隐藏的真正所指，就会发现韩愈写作这首诗很可能并非简单地向远方好友汇报岭南的饮食习俗，而是将其对当时政事的想法和感情以隐喻的形式包含其中，告诉给尚在朝中为官的“同行”。例如“蠔相黏为山”是不是隐喻官员官官相护、结党营私？“蒲鱼尾如蛇”是不是隐喻见风使舵的朝官？后半部分几句描写其未杀蛇而将蛇放生是不是隐喻皇帝没有杀他而是将其谪贬至岭南边方？描写蛇“郁屈尚不平”是不是隐喻贬谪官员委屈无力的愤怒心理？以及末尾自言自语与蛇进行的对话，是不是隐喻君王和臣僚之间的复杂感情？等等。

四、恶溪驱鳄

韩愈抵达潮州后，在前后不足一年的时间里，为当地百姓办了不少实事。史载，韩愈抵达潮州后，曾上表宪宗为自己辩白，在奏疏中向宪宗描绘了当时潮州“涨海连天，毒雾瘴氛”“飓风鳄鱼，患祸不测”的恶劣自然境况，以及表达了自己“单立一身，朝无亲党，居蛮夷之地，与魑魅同群”的孤苦境地。[23]

韩愈本人还创作《鳄鱼文》，详细描述了其带领部下和当地百姓举行驱逐鳄鱼仪式的全过程。《鳄鱼文》描述的仪式过程大致如下：先把一只羊和一头猪投入恶溪的潭水中送给鳄鱼吃。跟鳄鱼讲道理说，古代帝王统领天下后，就会把危害百姓的动物驱赶至四海之外；而潮州远离京城万里之遥，鳄鱼生活在此情有可原；不过当今天子英明神武，在他继承帝位后，四海之外、六合之内都在其统辖范围，由此派刺史前来镇守一方，鳄鱼绝对不可以在刺史管辖的土地上为所欲为。接着警告鳄鱼说，潮州离大海很近，限三天时间迁移到南海中去，三天不行，就放宽到五天；五天不行，就放宽到七天；七天还不行，就是有意跟刺史作对了。如果真是这样，刺史一定会发动有才能有技艺的官吏和百姓，操强弓毒矢与鳄鱼战斗到底，不赶尽杀绝绝不会停止。希望到时不要后悔。

不难看出，韩愈《鳄鱼文》对驱鳄仪式的描写，显得有些故弄玄虚，在后世引发了不少批评。例如北宋王安石在《送潮州吕使君》中说韩愈驱鳄鱼实际就是“诡怪以疑民”[24]。现代学者郭朋的批评则更为激烈，他说韩愈堂堂一代“大儒”把野生动物当作“谈判”对象，堪称愚不可及。而且声称要“选材技吏民，操强弓毒矢，以与鳄鱼从事”的劲头，堪称古代中国的“唐·吉诃德”。[25]值得注意的是，韩愈在潮州期间，除写《鳄鱼文》以外，还写了《祭湖神文》《祭止雨文》《祭城隍文》《祭界石神文》《祭大湖神文》五篇祭鬼神文章，说明此类祭鬼神仪式在其主政潮州期间是经常举行的。

针对这些批评，现代学者曾楚楠为韩愈做了较为公允的辩护。他认为，岭南地区历史上多有崇信鬼神的习俗，而鳄鱼是那么残暴凶狠，老百姓受其侵害，尽管苦不堪言，但如果真要让他们亲自动手驱杀，就难免因惊慌害怕而不敢放手行事。所以在“选材技吏民，操强弓毒矢，以与鳄鱼从事”之前，先开展一场声势浩大的祭祀动员仪式，以消除老百姓的畏惧心理、鼓舞他们的斗志，这不但非常有必要，而且也是在当时当地唯一所能采取的可行途径和合理形式。[26]

五、请置乡校

除驱除鳄鱼以外，韩愈在潮州还开展了一项在当地影响深远的活动——请置乡校。在潮州期间，韩愈非常重视加强当地的乡学教育，不仅“出己俸百千以为举本，收其赢余，以给学生厨馔”[27]，以及针对语言交流不通的问题，“以正音为潮人诲”[28]，以中原汉语改造潮州土音，推动当地语言规范化工作，而且还大胆举荐并启用潮州地方才德特出之士赵德主持州学。

在韩愈来潮州之前，当地州学停办许久，以致百余年来当地无一人赴京考取功名。韩愈对赵德的人品学识甚为赞赏，说他“沉雅专静，颇通经，有文章，能知先王之道，论说且排异端而宗孔氏，可以为师矣”。[29]韩愈起用他担任海阳县尉掌管军事，并且还让他主持州学，兴办教育。韩愈邀请赵德重启州学，在潮州当地影响深远。宋代苏东坡曾评价说：“始潮人未知学，公命进士赵德为之师，由是潮之士笃于文行，至于今号称易治。”[30]

当然，韩愈在潮州任职期间所做的实事还有很多，除恶溪驱鳄和请置乡校这两件外，他还致力于修堤造渠，奖劝农桑，发展当地农业生产，以及有效解决了岭南地区长期存在的“多掠良人卖为奴婢”[31]的恶习，为潮州当地社会文明的发展作出了独特而又重要的贡献。

清康熙二十三年（1684），两广总督吴兴祚参谒潮州韩文公祠后题诗：“文章随代起，烟瘴几时开。不有韩夫子，人心尚草莱。”[32]吴兴祚表达的是，如果不是韩愈来到潮州，潮州很可能尚处在蛮荒状态。这样说当然有些夸大，不过从迄今尚存的大量有关韩愈的文物古迹[33]，以及潮州当地“江山易姓为韩”[34]的事实来看，韩愈在潮州人心目中具有的重要地位，是怎么强调都不为过的。

注　释

1
［宋］吕大防等撰《昌黎先生诗文年谱》，载《韩愈年谱》，徐敏霞校辑，北京：中华书局，1991年，第141页。

2
同上书，第166页。

3
［宋］苏轼《韩文公庙碑》，同上书，第214页。

4
韶州在秦代地属南海郡，汉代分置桂阳郡，梁承圣（552—555）中萧勃据岭南于此置东衡州，隋开皇九年（589）平陈，改东衡州为韶州，取州北名胜韶石山之韶字为州名。明清之际先后在此设水陆三个税关，故名韶关。关于韶州名字的早期由来，参［唐］李吉甫撰、［清］孙星衍辑《元和郡县图志》卷三十四，清光绪六年刻本，南京：金陵书局。

5
韩愈在《祭郑夫人文》中说：“我生不辰，三岁而孤。蒙幼未知，鞠我者兄。在死而生，实维嫂恩。”［唐］韩愈撰《五百家注韩昌黎集》，［宋］魏仲举集注，北京：中华书局，2019年，第1094页。

6
唐代监察御史共设十五人，属正八品下官职。掌管监察百官、巡视郡县、纠正刑狱、肃整朝仪等事务。此官职虽官阶不高，但由于其监察职务的特殊性，往往为百官所忌惮。参［北宋］宋祁等《新唐书》卷四十八志第三十八百官三，北京：中华书局，1975年，第1239页。

7
［后晋］刘昫等《旧唐书》卷一百六十列传第一百一十，北京：中华书局，1975年，第4195页。

8
韩愈被贬就职的阳山县，唐代隶属岭南道，如今地处广东清远市，迄今仍是广东省扶贫开发重点县。

9
［唐］韩愈撰《五百家注韩昌黎集》，［宋］魏仲举集注，北京：中华书局，2019年，第1005页。

10

同上书，第567页。

11

参［唐］韩愈撰《韩昌黎诗系年集释》卷三，钱仲联集释，上海：上海古籍出版社，1984年，第288页。

12

关于唐宪宗迎佛骨的确切时间和详情，以及韩愈反对迎佛骨的上疏内容，参［后晋］刘昫等《旧唐书》卷一百六十列传第一百一十，北京：中华书局，1975年，第4198—4201页。

13

同上书，第4200页。

14

因此条路线主要经过商山山区而得名。唐宣宗时出任湖南观察使的官员韩琮《题商山店》中有“商山驿路几经过”的句子，以及唐末五代十国诗人王贞白在《商山》中也有“商山名利路，夜亦有人行”的诗句，可见这条路线在当时非常热闹。

15

参李菁《韩愈贬赴潮州取道何方》，《古典文学知识》2008年3月第2期。

16

韩湘是韩愈的侄孙，性好道术，来自江淮地区。后世认为其就是民间故事中八仙之一的韩湘子，但也有人考证说这是张冠李戴。韩愈曾给韩湘写过三首诗，即著名的《左迁至蓝关示侄孙湘》一首和《宿曾江口示侄孙湘》二首。

17

［唐］韩愈撰《五百家注韩昌黎集》，［宋］魏仲举集注，北京：中华书局，2019年，第641页。

18

同上书，第388—393页。

19

“扶胥”为广州东南方向一地名。“屯门”意即“屯兵之门”，也即“屯田防卫的海门”，被认为是历史上最早出现的香港地名，比“香港”地名要早好几百年。

20

也有可能描写的是到达潮州后吃的“洗尘宴”。

21

协律为宫廷乐官官名。最初为汉武帝以李延年善新声而设置协律都尉，北魏在太常寺设协律郎掌管音律，唐为正八品上，明为正八品。

22

这首诗是元和十四年抵潮州后所作。参［唐］韩愈撰《五百家注韩昌黎集》，［宋］魏仲举集注，北京：中华书局，2019年，第393页。

23

［后晋］刘昫等《旧唐书·韩愈传》卷八十九列传第三十九，北京：中华书局，1975年，第4201页。

24

［宋］吕祖谦编《宋文鉴》卷第十六，北京：中华书局，1992年，第225页。

25

郭朋《隋唐佛教》，济南：齐鲁书社，

1980年，第356页。

26

曾楚楠《韩愈在潮州》，北京：文物出版社，1993年，第8—9页。

27

［唐］韩愈撰《五百家注韩昌黎集》，［宋］魏仲举集注，北京：中华书局，2019年，第1579页。

28

《三阳志》,《永乐大典》卷五千四百三十四，转引自曾楚楠《韩愈在潮州》，北京：文物出版社，1993年，第15页。

29

［唐］韩愈撰《五百家注韩昌黎集》，［宋］魏仲举集注，北京：中华书局，2019年，第1579页。

30

［宋］苏轼撰《潮州昌黎伯韩文公庙碑》，［明］茅维编《苏轼文集》，孔凡礼点校，北京：中华书局，1986年，第509页。

31

出自唐代元和四年翰林学士李绛、白居易上奏的奏章。［宋］司马光编著《资治通鉴》卷第二百三十七唐纪五十三，［元］胡三省音注，北京：中华书局，1956年，第7656页。

32

曾楚楠《韩愈在潮州》，北京：文物出版社，1993年，第3页。

33

韩愈在潮州的遗迹主要有白鹦鹉赋碑、鸢飞鱼跃碑、灵山寺留衣亭、祭鳄旧址、马嘶岩、韩崇笼云、叩齿庵、韩木、曹娥碑题名、天庆观木龟等。此外还有大量后人纪念韩愈的文物古迹。

34

现今潮州的韩江在唐代名为恶溪或鳄溪，后潮州人为纪念韩愈，将其改名为韩江。现今潮州的韩山，原名叫笔架山，也是为了纪念韩愈生前常登此山游览，才改名为韩山。

第五章

苏轼绍圣元年谪居惠州

——读苏东坡的梅花诗词，看其谪贬岭南以后经历了怎样的人生蝶变

十一月二十六日松风亭下梅花盛开

苏轼（宋代）

春风岭上淮南村，
昔年梅花曾断魂。
岂知流落复相见，
蛮风蜑雨愁黄昏。
长条半落荔支浦，
卧树独秀桄榔园。
岂惟幽光留夜色，
直恐冷艳排冬温。
松风亭下荆棘里，
两株玉蕊明朝暾。

岭南地处中国大陆南端，自北至南为中亚热带、南亚热带和热带气候，相比北方中原，总体具有较为丰富的光、热和水资源。温暖湿润的气候特点使得这里的梅花颇具地方特色。

唐代诗人樊晃《南中感怀》有“四时不变江头草，十月先开岭上梅”[1]的诗句，元代诗人贡性之《题山农画梅》也有“大庾岭头春信早，十月梅开照晴昊”[2]的诗句，描述的是大庾岭上的梅花因气候偏暖而具有花期较早的特点。尤其是，粤北大庾岭上的梅花冬季盛开时，还会出现“南枝落，北枝开”[3]的奇特现象，这显然是大庾岭处于南暖北寒交界的独特地理位置所致。

唐宋时期岭南和中原地区的交流日益频繁，出入岭南的“北佬”越来越多，其中一些贬官诗人相继来到之后，留下了大量梅花诗词，给岭南梅花平添了别具特色的文化象征内涵。

唐宋时期的岭南，虽然逐步进入深度开发阶段，但文明的中心依旧在北方中原。尤其是岭南地区“要命”的瘴疠之气，更是让中原“北佬”们谈虎色变，导致如果有官员发表了不当的言论，朝廷给予的最严重的处分就是将其谪贬到远离京城的岭南。而粤北大庾岭又是出入岭南的交通要道，绝大部分谪贬岭南的官员诗人都会途经此地进入岭南。每当他们步入由盛唐诗人张九龄开凿的大庾岭新道，看到眼前漫山遍野、春信先觉的岭上梅花时，不仅顿时会有仿佛穿越到另外一个时空的仪式感，而且心中亦不免勾连起时光流转、依依惜别的感伤之情。

如初唐诗人宋之问被贬岭南泷（shuāng）州[4]时，有诗《题大庾岭北驿》：

阳月南飞雁，传闻至此回。
我行殊未已，何日复归来。
江静潮初落，林昏瘴不开。
明朝望乡处，应见陇头梅。[5]

登大庾岭前一日，诗人心中就已提前预想到第二天见到岭头梅花时的黯然神伤。第二日又有诗《度大庾岭》：

度岭方辞国，停轺一望家。
魂随南翥鸟，泪尽北枝花。
山雨初含霁，江云欲变霞。
但令归有日，不敢恨长沙。[6]

登大庾岭当日，诗人目睹眼前向北而开的花枝，终于禁不住潸然泪下。

唐宋时期谪贬岭南的官员诗人登上大庾岭头时，大概都会有过像宋之问这样驻足望乡、睹梅垂泪的沉痛体验吧。

一、春风岭上淮南村

北宋元丰八年（1085），年仅38岁的宋神宗赵顼（xū）于福宁殿抑郁而终。早前他任用以王安石为首的新党大臣实行的变法，终因朝中反变法派旧党大臣的攻击而最终失败。宋神宗过世后，年仅10岁的儿子赵煦被推上了皇位，祖母太皇太后高滔滔临朝听政。高太后执政期间，起用旧党重臣司马光为宰相，全面废止神宗朝实施的新法，史称“元祐更化”。元祐八年（1093）九月，高太后病逝，赵煦得以亲政，次年改年号为“绍圣”，恢复神宗朝的新法，大胆起用新党领袖章惇等为宰相，全面清算所有当年曾反对神宗实施新法改革的元祐党大臣。苏轼就是在北宋中期变法和反变法的政治风暴中遭遇挫折、被贬边方的。

北宋开国以来一直实行的祖宗旧法对结束晚唐五代藩镇之乱、实现大一统的中央集权发挥过重要作用，但至神宗朝，这套旧法在新形势下暴露出越来越多的弊端。如旧法为防止武将拥兵割据而规定由文臣统帅军队，这种做法虽然加强了中央对军权的掌控，但存在士兵无法得到良好的训练、战斗力锐减的严重弊端。又如旧法为防止地方官员专权，而规定在地方知州之外另设通判之职对知州进行权力监督，但这种做法导致官僚冗杂、官场内耗、执政效率低下等弊病。再如旧法还规定地方赋税大部分上交中央，这又导致上层官僚阶层穷奢极欲，下层百姓穷困潦倒的不平等现象加剧，激化了社会矛盾。此外，契丹、党项和女真等游牧民族先后长期对北宋进行威逼和侵扰，国势积弱的北宋每年只能向外族输纳大量的岁币以换取眼前的和平。

面对这些内忧外患，北宋前中期一些心怀理想的皇帝和士大夫们积极推行变法改革，力图借此改变国家积贫积弱的局面。早在仁宗朝就曾任用范仲淹实行“庆历新政”，但最终因反对势力强大而失败。后至神宗朝，面对北宋越来越危急的局面，宋神宗起用此前在地方上早已声名鹊起的王安石为相，力排众议开展了历史上声势浩大的变法运动。

王安石实行青苗法、方田均税法、保马法、保甲法等财政和军事变法措施的初衷都是为了富国强兵，但在实施过程中因故未能很好地接纳以司马光为代表的反对派元老重臣们的批评和建议，导致朝臣内部分裂成势不两立的两大阵营。并且在两派发生剧烈争执的过程中，宋神宗总会倒向变法派这边，这导致司马光等元老重臣因在斗争中无法得到皇帝的支持而不得不选择离京引退，变法派由此陷入极度孤立的境地。此外，由于反变法派老臣离京引退，朝中许多重要职位空缺无人，王安石只能在仓促中起用未经考察的新人，于是不少投机取巧的小人跻身变法朝臣的队伍，进而使得朝中许多德高望重的士大夫们因不愿与小人为伍而纷纷加入反变法派的阵营，这又进一步加剧了变法派的孤立境地。

面对朝中变法派和反变法派之间的剧烈斗争，苏轼一开始持观望的态度，但随着两派阵营的分化越来越明显，变法的弊端越来越多地暴露出来，加之苏轼和欧阳修等老臣的亲密关系，促使他毅然决然地倒向了反变法派这边。早在熙宁二年（1069）苏轼就上书《议学校贡举状》，反对王安石的科举变法举措，并当面直言不讳地批评宋神宗“求治太急，听言太广，进人太锐”[7]。此后苏轼还作诗“吾君方急贤，日旰坐迩英。黄金招乐毅，白璧赐虞卿”[8]，语含讥讽地表达了他对朝政的不满。熙宁四年（1071）二月，面对暴风骤雨式的变法导致的种种弊端，“书生意气”的苏轼再次坐不住了，他自述“思之经月，夜以继昼，表成复毁，至于再三”[9]，饱含激情地写下《上神宗皇帝书》，首次全面系统地向皇帝表达了自己对变法的反对意见。不过，这道用心良苦的奏书最终石沉大海。此后仍心有不甘的苏轼又写下《再上皇帝书》，以更加激烈的言辞表达了对新法的不满，但依旧没能得到回应。此后在一次神宗亲自主持的集英殿进士策试中，阿谀奉承变法派的叶祖洽被钦点为第一，遭到苏轼的极力反对与冷嘲热讽。苏轼三番五次地反对新法，神宗终于按捺不住对苏轼的不悦。而神宗的不悦态度一旦显露，早已视苏轼为眼中钉的变法派大臣就顺势罗列莫须有的罪名对其加以陷害。面对被莫名强加的荒唐罪名，百口难辩的苏轼心灰意冷，只能向朝廷请求离京外任。神宗十分爱惜苏轼的才情，但在王安石的建议下还是同意了他的请求。自此以后的很长一段时间，苏轼暂时告别了按部就班地在汴京“内卷”的日子，开始了在杭州、密州、徐州、湖州等地担任地方官的多彩人生。苏轼也正是在这一时期开始填词，为此后写成名垂千古的诗词名篇打下基础。

宋神宗一直心怀励精图治的梦想，但在元老重臣和后宫太后的合力反对下，不得不妥协让步，最终让王安石辞去相位、离京外任。此后初心不改的宋神宗仍独自一人艰难地推行变法，史称元丰改制，但收效甚微，加之元丰八年（1085）正月对西夏的战事遭遇惨败，其富国强兵的梦想归于破灭，以至于在同年三月抑郁而终。

在元丰改制期间，毫无政治才干、专耍政治手腕的王珪担任宰相，他联合时任参知政事的蔡确以及负责御史台工作的李定等大臣，随时提防着反变法派人士伺机上位。而这段时期的苏轼虽在地方为官，但凭借其非凡的文学才能、卓越的执政功绩以及独一无二的人格魅力，无论在其执事的地方，还是在皇帝所在的京城，都获得了极高的威望和人气。这使得王珪集团的大臣们妒火中烧，想方设法欲除之而后快。但由于苏轼在地方任职期间政治清明，毫无瑕疵可挑，这些用心险恶的大臣就只能从其撰写的诗文中去寻找治罪的把柄。历史上臭名昭著的“乌台诗案”就在这样的背景下发生了。

钱穆先生曾经评价苏氏兄弟说：“他们的学术因罩上一层极厚的释老的色采，所以他们对于世务，认为并没有一种正面的、超出一切的理想标准。……但他们的另一面，又爱好文章辞藻，所以他们持论，往往渲染过分，一说便说到尽量处。近于古代纵横的策士。”[10]苏轼狂放不羁的个性和锋芒毕露的文风给王珪集团留下了把柄，最终他们联合御史台从其过往的诗文中找出大量被认为是讥讽、指责、怨恨皇帝的“证据”，全部汇集在李定的奏章中被递交给了宋神宗。神宗看到奏章后大为震怒，下旨将苏轼交予御史台查办。李定等人接旨后，立刻派出皇甫遵等人前往湖州缉拿苏轼。远在湖州任上的苏轼很快就被逮捕回京，并被关进御史台的大牢。后经近两个月的轮番审讯和一百三十天的监禁折磨以后，宋神宗因不敢违反宋太祖以来“不得杀士大夫和上书言事人”的祖传家训，才勉强同意赦免了苏轼的死罪，将其谪贬为黄州（今湖北黄冈市黄州区）团练副使。其余受牵连的人中，给苏轼“通风报信”的驸马都尉王诜（shēn）被削除官职，苏轼的兄弟苏辙被贬筠州（今江西省高安市），与苏轼交往甚密的王巩被谪贬岭南宾州，其余几十位大臣因收藏涉案诗文而不主动上报处数额不等的罚金等。

元丰三年（1080）正月，苏轼被御史台的差役押送着，在长子苏迈的陪同下，自汴京启程前往黄州贬所。途经湖北麻城春风岭时，见岭上荒草荆棘间娇艳欲滴的梅花随着强劲的东风星星点点飘落在幽谷小溪，触发了苏轼对自身境遇的无限感伤：

春来幽谷水潺潺，的皪梅花草棘间。

一夜东风吹石裂，半随飞雪渡关山。

何人把酒慰深幽，开自无聊落更愁。

幸有清溪三百曲，不辞相送到黄州。[11]

时隔一年后的正月二十日，苏轼过黄州岐亭[12]拜访故友陈慥[13]时，看到相似的初春之景，想起昔年春风岭上细雨中梅花开放的凄凉情景，顿时百感交集：

十日春寒不出门，不知江柳已摇村。

稍闻决决流冰谷，尽放青青没烧痕。

数亩荒园留我住，半瓶浊酒待君温。

去年今日关山路，细雨梅花正断魂。[14]

苏轼自元丰三年（1080）正月被贬为黄州团练副使伊始，一直到元丰七年（1084）三月离开黄州北上为止，总共四年零两个月的时间里，一直生活在长江边上这座偏僻的小城。也正是在黄州这座小城，苏轼的心灵世界发生了重大转变。面对政治理想的破灭，此时的苏轼从庄子哲学中汲取智慧，逐渐学会尽量不在“小我”的层面上自怨自艾，而努力将“小我”的失意与悲凉放在跨越古今的宏大时空背景下加以观照，促使自己尽快从痛苦和悲凉中从容解脱，并且练就身陷逆境而绝不沉沦的旷达胸怀。

此时的苏轼由于心灵世界受道家的影响达至新的境界，其艺术创作的水准也随之上升到一个崭新的层次。在谪居黄州期间，苏轼创作出不少名垂千古的诗词作品，如《念奴娇·赤壁怀古》

就是其中的代表作。但这里要特别提到其在这一时期写下的一首与岭南梅花有关的著名词作《定风波·南海归赠王定国侍人寓娘》。

二、笑时犹带岭梅香

唐宋以来，岭南地区的梅花以大庾岭和罗浮山两地最负盛名。屈大均《广东新语》有云："吾粤自昔多梅，梅祖大庾而宗罗浮。"[15]而在这两处梅花胜地中，又以大庾岭上的梅花历史最悠久，影响最深远。

早在秦汉时期，中原政权就在粤北南岭山脉中建立起五座控制南北出入的军事要塞，分别是越城岭、都庞岭、萌渚岭、骑田岭和大庾岭，统称为五岭。五岭以南就是岭南。五岭之中又以最东边的大庾岭最为著名。大庾岭北边是江西大余，南边则是广东韶关，扼守咽喉的特殊地理位置，使得这里自古以来就是沟通南北的交通要道。

大庾岭的得名源自西汉。西汉元鼎五年（公元前112）汉武帝派兵攻打南越国末代君主赵建德时[16]，汉将庾胜曾在此地筑造要塞，戍守边关，故得名庾岭。此后又称该要塞所在的山脉为大庾岭。

大庾岭又名梅岭。一种说法认为，汉高祖时汉将梅铜（xuān）曾受封于此地，故得名梅岭。屈大均《广东新语》对这一得名来源有详细记载：

> 而梅岭之名，则以梅鋗始也。鋗本越句践子孙，与其君长避楚，走丹阳皋乡，更姓梅，因名皋乡曰梅里。越故重梅，

向以梅花一枝遗梁王，谓珍于白璧也。当秦并六国，越复称王，自皋乡逾零陵至于南海，鋗从之，筑城浈水上，奉其王居之，而鋗于台岭家焉。越人重鋗之贤，因称是岭曰梅岭。[17]

另一种说法则认为，唐代张九龄开凿大庾岭新道后，岭上开始广植梅花，故得名梅岭。如清代历史地理学家顾祖禹《读史方舆纪要》有载：

自九龄凿新路后，两壁峭立，中途坦夷，上多植梅，因又名为梅岭。[18]

无论怎样，唐宋以来大庾岭上的梅花逐渐成为中原文人名士心中重要的文化象征，以至于这时期许多著名的诗人都在诗词中频繁采用大庾岭上的梅花意象来表达自己抑或他人谪贬岭南途中羁旅天涯的落寞与悲凉。

苏东坡的《定风波·南海归赠王定国侍人寓娘》就是其中著名的一首：

常羡人间琢玉郎。天应乞与点酥娘。尽道清歌传皓齿。风起。雪飞炎海变清凉。

万里归来颜愈少。微笑。笑时犹带岭梅香。试问岭南应不好。却道。此心安处是吾乡。[19]

关于这首《定风波》的创作背景，毛晋本《宋六十名家词》词叙中有说：

王定国歌儿曰柔奴，姓宇文氏，眉目娟丽，善应对，家世住京师。定国南迁归，余问柔："广南风土，应是不好？"柔对曰："此心安处，便是吾乡。"因为缀词云。[20]

王定国是东坡世交好友王巩。王巩家世显赫，其祖父是宋代前期宰相王旦，其父为工部尚书兼北宋医家王素。王巩出生于宋仁宗庆历八年（1048），算起来，他自宾州[21]北归与东坡重遇时，正值三十出头的盛年。东坡见其累谪岭南“瘴烟窟”好几年，不但容貌如故，面如红玉，而且“志气愈厉”，甚少怨天尤人，很是钦服。

元丰二年（1079），王巩因受“乌台诗案”牵连谪贬岭南宾州，其家人都留在了北方，唯有侍妾柔奴无怨无悔地陪伴左右。元丰六年（1083），王巩带着柔奴自宾州北归，特意绕道至黄州与东坡相见。东坡见王巩身边这位奇女子万里归来、风尘仆仆，禁不住小心翼翼地询问其“广南风土，应是不好?”未料，她从容应答说：“此心安处，便是吾乡。”听完柔奴的答语，苏东坡感触颇深，不久即填下这首《定风波》作为纪念。

苏东坡在这首词中描写柔奴“万里归来颜愈少。微笑。笑时犹带岭梅香”，说的是柔奴随着王巩自岭南归来，容颜非但未添沧桑，反倒越发显得年轻，微笑时，脸上似乎还散发着从大庾岭上带来的梅花香。此时的苏东坡显然还未到达过大庾岭。这里的梅花不是实写，而是虚写。他只是沿袭唐宋以来的诗词传统，采用前代诗人多次使用过的岭梅意象，来唯美地表达柔奴在从容对答中表现出的如梅花般超然物外的精神品格。

王巩因“乌台诗案”被贬岭南宾州，算是此案受牵连的人中被贬的最远的，也是皇帝给予的最严重的惩罚。苏东坡在《王定国诗集叙》中曾说：

> 今定国以余故，得罪贬海上三年，一子死贬所，一子死于家，定国亦病几死。余意其怨我甚，不敢以书相闻……[22]

对苏东坡而言，王巩受他牵连被贬至岭南“瘴疠之地”，就连其侍妾柔奴也跟着奔波受苦，他的内心是满怀愧疚的。这也正是他询问柔奴时为何那么小心翼翼。从这个角度，我们能真切地感受到苏东坡询问柔奴时那种半是愧疚、半是好奇的复杂心情了。与此同时，我们也能真切地体会到苏东坡听到柔奴从容对答出那句动人“金句”时，内心那种半是感动、半是钦佩的复杂情感了。

苏东坡与王巩重遇多年后[23]，苏东坡本人也被谪贬至岭南。林语堂曾在《苏东坡传》中这样描述其过大庾岭时穿越时空般的奇特感受：

> 在九月，他跨越有名的大庾岭，大庾岭在中国古代为赴广州的旅客必经之地。这道关隘是一条遥远危险的旅途，通过之后，便到了另一个境界，多少旅客往往是有去无回的。一条铺石头的路，在关隘两侧各有三四百码长，道旁有浓荫茂密的树，为旅客遮蔽太阳，供旅客歇息。行人到此，不由得喟然兴叹，多在岩石上题诗寄慨。立在此处山峰上，头上云天，不过咫尺，苏东坡觉得自己犹如梦游，不复知自己肉体之躯在何处所了。从那样高处，他能看到人的渺小，行为的卑鄙，山上的清风把他胸中的尘思俗念，一扫而空。[24]

自古以来，难以计数的名士文人、流人贬官来到岭南，他们和苏东坡一样，都要跨越这道梅岭关。不难想象，如若季节凑巧，每当他们步出关口，初次踏进岭南地界时，最先被吸引住的，应当就是这从大庾岭上扑鼻而来的淡淡梅香吧。

三、仿佛曾游岂梦中

元丰七年（1084）三月，谪居黄州的苏东坡和家人好友平静地过完当年的上巳节后两天，突然接到朝廷将其改授汝州的诏令。东坡一家喜出望外，并于当月中旬正式启程离开黄州北上。此时离苏东坡于元丰三年（1080）正月谪贬黄州已过去四年零两个月了。

苏东坡启程后，并未直接北上，而是独自一人先经九江前往筠州探望兄弟苏辙，随后又回到九江与长子苏迈带领的家人会合。在这期间，利用先后两次路过九江的机会，苏东坡得以追随李白的足迹，畅游庐山风景名胜。著名的哲理诗《题西林壁》和考察性游记《石钟山记》等诗文名篇就是这一期间完成的。

随后，苏迈在湖口与全家分开，苏东坡带着家人经池州、芜湖和当涂，于六月底到达金陵。在金陵，苏东坡与已至晚年的王安石相见，见面时两人尽弃前嫌，相谈甚欢，往日的恩怨情仇顿时冰消雪融。王安石甚至邀请苏东坡在金陵定居，但未到事情办成之日，年老体迈的王安石就撒手人寰了。

此后苏东坡又去金山与好友滕元发和秦观等人相见，滕元发劝导苏东坡放弃去汝州赴任的想法，让他向朝廷奏请在江南就地安家。于是苏东坡写了《乞常州居住表》，祈求朝廷恩准他安居常州宜兴。元丰八年（1085）二月，苏东坡终于接到朝廷下达的诏令，同意了他的请求。三个月后，苏东坡到达常州，四处物色新居，准备从此在此过上世外桃源般的宁静生活。

可就在苏东坡到达常州的同一年，朝廷再次发生变局，先是宋神宗因北宋对西夏的战争遭遇惨败抑郁而终，后是其10岁的儿子赵煦即位，祖母高太后临朝听政。高太后早在神宗朝就已对变法派深恶痛绝，她执掌政权之后，立刻起用在神宗朝遭受排斥的反变法派大臣，尤其是起用旧党重臣司马光为宰相，全面废止神宗朝王安石的新法。早前曾多次反对变法并为此惨遭谪贬的苏东坡，很快就接到了被起用的诏令。

就在元丰八年（1085）这一年，苏东坡先从常州被诏往登州任军州事，不久又从登州被诏往京城就职，先后被授予礼部郎中、起居舍人、中书舍人、翰林学士知制诰和经筵侍读等职，在短短不到一年的时间里，就从贬官罪人青云直上为位居三品的朝廷重臣。不过这样的风光日子并未维持太久，很快苏东坡就发现自己无法适应京城的政治生活了。他先是为王安石免役法的废除问题与主政的司马光连续不断地发生剧烈争执[25]，后又因当众嘲讽时任帝王之师的程颐[26]而卷入无休止的党派之争。苏东坡厌倦了这种你争我斗的京官生活，于是反复称病请求外任，朝廷先于元祐四年（1089）批准他统管浙西路六郡，兼杭州知州，后又诏令他出知颍州和扬州。这样苏东坡在元祐六年（1091）和七年（1092）两年的时间里相继出知三个地方——杭州、颍州和扬州，过于频繁的人事更换，让其疲于奔命。

就在扬州任上，朝廷再次发生变局。元祐八年（1093）九月，高太后病逝，宋神宗的儿子赵煦得以亲政，改年号为“绍圣”，意思是继承圣上（其父赵顼）的施政方针。赵煦亲政期间，开始全面恢复神宗朝的新法，大胆起用新党领袖章惇等为宰相，全面清算所有当年曾反对神宗实施新法改革的元祐党大臣。

在这场迫害运动中，司马光和吕公著被削除官衔，遭受鞭尸之辱，九十余岁的四朝元老文彦博遭贬致死，吕大防、范祖禹、刘挚和梁焘等大臣在谪贬期间过世，高太后的心腹内侍陈衍被处死，范仲淹之子范纯仁自请引退，苏门四学士也先后被罢职贬黜。

在此期间，章惇等人针对苏东坡再次上演“乌台诗案”的故伎，于哲宗绍圣元年（1094）撤销苏东坡侍读学士的称号和定州知州的职务，将其谪贬至岭南英州任知州。所有这一切都在东坡的预料之中，这次他未做任何辩解就匆忙上路了。

此时已年近六十的苏东坡就这样开始了奔赴岭南的漫长旅程。当他自定州起程，途中望见远方巍峨雄伟的太行山，忽然想起唐代韩愈谪贬岭南终得北还的经历，其悲凉的心情顿时得以平息：

逐客何人著眼看，太行千里送征鞍。

未应愚谷能留柳，可独衡山解识韩。[27]

苏东坡自登州一路南下，经扬州、南京、当涂，过九江，走水路至吉州庐陵，一路上接到朝廷五道诏令，最后一道决定将其谪贬至广东惠州。接下来苏东坡继续走水路，历经赣江十八滩之险，随后到达位于广东和江西交界的大庾岭。在翻越大庾岭的过程中，苏东坡赋诗表达了自己仿佛经历了与过往肮脏不堪的尘世生活告别，从此步入超凡脱俗的仙人世界的奇特感受：

一念失垢污，身心洞清净。

浩然天地间，惟我独也正。

今日岭上行，身世永相忘。

仙人抚我顶，结发授长生。[28]

翻过大庾岭后，苏东坡至韶州曹溪，特意游览了六祖惠能曾一度弘法的南华禅寺。面对寺中六祖真身，苏东坡想起了惠能当年过大庾岭时指点前来追讨衣钵的慧明和尚开悟见性的事迹，来反观自身以往过于执着于儒家的处世原则、惨遭谪贬的坎坷经历，禁不住老泪纵横：

云何见祖师，要识本来面。
亭亭塔中人，问我何所见。
可怜明上座，万法了一电。
饮水既自知，指月无复眩。
我本修行人，三世积精炼。
中间一念失，受此百年谴。
抠衣礼真相，感动泪雨霰。
借师锡端泉，洗我绮语砚。[29]

经过差不多两千公里的长途跋涉，苏东坡最终于绍圣元年（1094）十月初抵达惠州。刚到惠州，东坡即赋诗描写了其初来乍到时“仿佛曾游”的亲切感，描绘了当地官员百姓满怀好奇、成群结队前来迎接的热闹场面，以及表达了自己甘愿效仿汉代的苏武和三国时期的管宁，努力做到内心平静地客居在这四季春光旖旎、民风淳朴敦厚的惠州的美好心愿：

仿佛曾游岂梦中，欣然鸡犬识新丰。
吏民惊怪坐何事，父老相携迎此翁。
苏武岂知还漠北，管宁自欲老辽东。
岭南万户皆春色，会有幽人客寓公。[30]

四、月下缟衣来扣门

苏东坡抵达惠州后，先是受到当地官员的高度礼遇，被安排暂住惠州城东城门附近的合江楼。此楼初建于北宋初年，因地处东江和西枝江的合流处而得名。这是朝廷官员来到惠州地方办公时临时居住的驿馆，相当于现代地方政府设立的高级迎宾馆。寓居合江楼期间，苏轼写下《寓居合江楼》，不仅描绘了合江楼所处的惠州城东灵秀葱郁、辽阔意远的迷人景致，而且表达了自己在此寓居期间安于当下、恬静安然的达观心境：

海山葱茏气佳哉，二江合处朱楼开。
蓬莱方丈应不远，肯为苏子浮江来。
江风初凉睡正美，楼上啼鸦呼我起。
我今身世两相违，西流白日东流水。
楼中老人日清新，天上岂有痴仙人。
三山咫尺不归去，一杯付与罗浮春。

苏轼在合江楼“江风初凉睡正美，楼上啼鸦呼我起”的惬意日子并没有持续太久，十多天后，就因贬官身份问题被迫迁往朝廷指定的谪居之所嘉祐寺。苏轼在嘉祐寺住了五个月后，又因受到调任广东提刑的表兄程正辅的关照，搬回合江楼居住了一年之久。在这期间，苏东坡写下《题合江楼》，借合江楼下的破败横斜的房屋隐喻自己常为别人眼中沙的身世经历：

青天孤月，故是人间一快。而或者乃云不如微云点缀，乃是居心不净者常欲滓秽太清。合江楼下，秋碧浮空，光接几席之上，而有葵苫败屋七八间，横斜砌下。今岁大水再至，居者奔避不暇。岂无寸土可迁，而乃眷眷不去，常为人眼中沙乎？绍圣二年九月五日。

苏轼在合江楼居住了一年以后，又因各种压力再次被迫迁往较为偏远的嘉祐寺常住。有一天，苏东坡纵步寺庙后山顶上的松风亭[31]，眼见亭下两株盛开着的梅花，昔年被贬黄州途中路过湖北麻城春风岭时的光景，忽然涌上心头，禁不住感慨万千：

春风岭上淮南村，昔年梅花曾断魂。

岂知流落复相见，蛮风蜒雨愁黄昏。[32]

狂风暴雨过后，荔枝浦边果树枝条上的树叶已飘落大半，桄榔园中郁郁葱葱的桄榔树枝已被吹卧在地，而松风亭下盛开的梅花，其幽微的光泽足以挽留住迷人的夜色，其冷艳的气质简直可将岭南冬日的那一点温暖也给驱散殆尽[33]：

长条半落荔支浦，卧树独秀桄榔园。

岂惟幽光留夜色，直恐冷艳排冬温。[32]

松风亭下荆棘丛中有两株洁白晶莹的梅花迎着朝阳怒放，此时此地，东坡觉得，昨晚仿佛有素衣梅花仙子腾云驾雾降落于窗前石阶，在月光下迈着轻盈的脚步来敲门，呼唤他出门来到松风亭下梅花树旁：

松风亭下荆棘里，两株玉蕊明朝暾。

海南仙云娇堕砌，月下缟衣来扣门。[32]

待到酒醒梦觉，起身绕树徘徊，心里依依不舍，但顿时了然有悟，只是无法言喻。一个人喝酒也没什么好叹息的，至少手中酒杯里还有落月在偷看着你呢：

酒醒梦觉起绕树，妙意有在终无言。

先生独饮勿叹息，幸有落月窥清樽。[32]

苏东坡此处对梅花的描写显然化用了唐代传奇小说《龙城录》[34]中记载的著名的“罗浮梦”的故事。该故事说的是隋朝人赵师雄游惠州罗浮山，傍晚在林中客店附近遇见一个美人，两人一见倾心，相约来到店中饮酒交谈。赵师雄醉酒睡着了，等到东方发白时才醒来，发现自己居然睡在山中一株梅花树下。这个近乎鬼怪传奇的梅花故事在后世传播甚广，以至于很多著名的文学家都习惯借用“罗浮梦”来比喻人生如梦，甚至采用“罗浮”“罗浮美人”“罗浮梦”等说法来指代梅花。东坡将这个颇具岭南地方特色的传奇故事融入梅花诗中，使其笔下的岭南风物笼罩着一股超凡脱俗的仙气。这显然是其官场受挫、谪贬岭南后热衷于寻仙访道的精神转向的体现。

松风亭梅花诗是苏东坡晚年的得意之作，写成后受到很多人的追捧[35]，因此他在短期内按照同样的韵脚又接续写了《再用前韵》和《花落复次前韵》两首。

昔年遭贬黄州途中遇见的梅花，如今又在罗浮山下再现，如同国色天香的红颜知己再次相顾，又仿佛来自东海的世外仙人远来探望。我在这里畅快喝醉，醒来时，山野寂寂，只见那飘零的落花，粘在空空的酒杯上：

罗浮山下梅花村，玉雪为骨冰为魂。

纷纷初疑月挂树，耿耿独与参横昏。

先生索居江海上，悄如病鹤栖荒园。

天香国艳肯相顾，知我酒熟诗清温。

蓬莱宫中花鸟使，绿衣倒挂扶桑暾。
抱丛窥我方醉卧，故遣啄木先敲门。
麻姑过君急洒扫，鸟能歌舞花能言。
酒醒人散山寂寂，惟有落蕊黏空樽。[36]

先前在春风岭上，细雨梅花一度引发了多少苦闷与伤感，可如今来到岭南，面对相似的光景，苏东坡的心灵世界却已转向，不执着于一物的从容与淡定：

先生年来六十化，道眼已入不二门。
多情好事余习气，惜花未忍终无言。
留连一物吾过矣，笑领百罚空罍樽。[37]

苏东坡谪居惠州期间，一直陪伴左右的侍妾王朝云[38]不幸染病身亡。东坡怀着沉痛的心情写下一首《西江月·梅花》来悼念爱妾。在这首词中，苏东坡以岭南梅花的玉骨冰姿、素面唇红来描写朝云超凡脱俗的精神气质和天然生成的妩媚姿容，字里行间处处透露出对爱妾的深切思念：

玉骨那愁瘴雾，冰姿自有仙风。海仙时遣探芳丛。倒挂绿毛么凤。

素面翻嫌粉涴，洗妆不褪唇红[39]。高情已逐晓云空，不与梨花同梦。[40]

绍圣四年（1097）四月，谪居惠州两年零八个月的苏东坡接到朝廷诏令，将他谪贬至海南岛上的儋州。在儋州，苏东坡与秦观、孔平仲唱和，作《千秋岁·次韵少游》。这是苏东坡一生中创作的最后一首豪放词：

岛边天外。未老身先退。珠泪溅，丹衷碎。声摇苍玉佩，色重黄金带。一万里，斜阳正与长安对。

道远谁云会，罪大天能盖。君命重，臣节在。新恩犹可觊，旧学终难改。吾已矣，乘桴且恁浮于海。[41]

与秦观遭贬后一味地沉浸在逝者如斯的消极感伤里不同，苏东坡在这首被称作贬谪文化“最强音”[42]的词作中，却更多显露出孔子式“道不行，乘桴浮于海”的倔强与超越。

注　释

1

［清］彭定求等编《全唐诗》，北京：中华书局，1960年，第1166页。

2

杨镰主编《全元诗》，北京：中华书局，2013年，第254页。

3

［唐］白居易《白氏六帖》，［宋］王象之编著《舆地纪胜》，杭州：浙江古籍出版社，2013年，第1145页。

4

泷州是广东省云浮市罗定市的旧称。泷州之名源于今罗定江罗镜镇段有泷喉，水流湍急，十分险要。宋之问因媚附武则天的宠臣张易之而获罪被贬岭南。

5

［唐］沈佺期、［唐］宋之问撰《沈佺期宋之问集校注》，陶敏，易淑琼校注，北京：中华书局，2001年，第427页。

6

同上书，第428页。

7

［元］脱脱等撰《宋史》，北京：中华书局，1985年，第10804页。

8

［宋］苏轼著《苏轼文集编年笺注》，李之亮笺注，成都：巴蜀书社，2011年，第27页。

9

［宋］苏轼撰《苏轼文集》，［明］茅维编，北京：中华书局，1986年，第742页。

10

钱穆《国史大纲》，北京：九州出版社，2011年，第645页。

11

［宋］苏轼著《梅花二首》，《苏轼文集编年笺注》，李之亮笺注，成都：巴蜀书社，2011年，第202页。

12

位于今湖北麻城西南，苏轼谪居黄州期间常游此地。

13

陈慥，陈希亮之子，晚年隐居黄州麻城

岐亭，深谙禅学，与苏东坡交游甚密。

14

[宋]苏轼著《正月二十日往岐亭郡人潘古郭三人送余于女王城东禅庄院》，《苏轼文集编年笺注》，李之亮笺注，成都：巴蜀书社，2011年，第214页。

15

[清]屈大均撰《广东新语》，北京：中华书局，1985年，第634页。

16

汉元鼎五年（公元前112），南越国末代君主赵建德与西汉王朝发生了战争。

17

[清]屈大均撰《广东新语》，北京：中华书局，1985年，第65页。

18

[清]顾祖禹《读史方舆纪要》卷八十三，北京：中华书局，2005年，第3888页。

19

唐圭璋编《全宋词》，北京：中华书局，1965年，第290页。

20

[宋]苏轼撰《东坡词编年笺证》，薛端生笺证，西安：三秦出版社，1998年，第488页。

21

宾州地处今广西南宁市宾阳市。宾州始设于唐贞观五年（631），因其境内有宾水而得名。宾水是指今清平水库及其源流小江。

22

[元]马端临撰《文献通考》，北京：中华书局，2011年，第6616页。

23

苏东坡于北宋哲宗绍圣元年（1094）被贬惠州。

24

林语堂《苏东坡传》，张振玉译，长沙：湖南文艺出版社，2012年，第302—303页。

25

苏东坡在王安石变法初期曾反对免役法，但在地方上为政多年后，发现免役法相比传统的差役法的确更为灵活，更能减少官吏对老百姓的盘剥。但此时主政的司马光却始终坚定地反对免役法。两人围绕此法的废除问题接二连三地发生冲突。

26

程颐过于拘泥于三代古礼，以至于生活刻板生硬，迂阔矫饰。在一次祭祀宋神宗的典礼上，苏轼当众嘲笑程颐说："此乃鏖糟陂里叔孙通所制礼也。"意为程颐是北宋城外肮脏污秽的鏖糟陂里出来的假冒叔孙通。苏轼的这一率性行为为自己招来巨大的麻烦。

27

[宋]苏轼著《临城道中作》，《苏轼文集编年笺注》，李之亮笺注，成都：巴蜀书社，2011年，第405页。

28

同上书，第410页。

29

同上书，第411页。

30
同上书，第414页。
31
松风亭始建于北宋嘉祐年间，因其周围植有二十多株松树，清风徐来，情趣盎然，故得名。苏轼在北宋绍圣年间寓居嘉祐寺时常游此亭。
32
［宋］苏轼著《十一月二十六日松风亭下梅花盛开》,《苏轼文集编年笺注》，李之亮笺注，成都：巴蜀书社，2011年，第416页。
33
南国的冬天气候温暖，因此写梅花不能写其不惧严寒独自开放，而要反过来写其冷艳的外表仿佛可以排除冬日的温暖。这是东坡这句诗的别具匠心所在。
34
《龙城录》原来被认为是柳宗元所作，但越来越多的学者表示质疑。故事原文参［唐］柳宗元撰《柳宗元集校注》，北京：中华书局，2013年，第3419—3420页。
35
史载朱熹十分厌恶苏东坡，但唯有这首诗为其“屡和不已”。
36
［宋］苏轼著《苏轼文集编年笺注》，李之亮笺注，成都：巴蜀书社，2011年，第416页。
37
同上书，第417页。
38
苏轼的夫人王闰之于绍圣元年（1094）过世后，一直陪伴其左右的是其侍妾王朝云。朝云是苏轼第一次在杭州为官期间买来的使女，不仅长得“美如春园，眼如晨曦”，而且长期跟着苏轼学诗作画，才情颇高，深得苏轼的宠爱，终被纳为侍妾。苏东坡谪居惠州期间，苏轼57岁，朝云31岁，但两人鹣鲽情深。但不幸的是，朝云在惠州期间染病身亡。
39
后人根据这首词中的“唇红”的说法，认为苏东坡发现岭南梅花具有像桃花一样白里透红的自然特征。
40
［宋］苏轼著《西江月·梅花》,《苏轼文集编年笺注》，李之亮笺注，成都：巴蜀书社，2011年，第12页。
41
同上书，第82—83页。
42
朱刚《苏轼十讲》，上海：三联书店出版社，2019年，第364页。

第六章

文天祥成俘虏过伶仃洋

——读文天祥《过零丁洋》，看珠海桂山岛上为何建有文天祥纪念雕像

过零丁洋

文天祥（南宋）

辛苦遭逢起一经，
干戈寥落四周星。
山河破碎风飘絮，
身世浮沉雨打萍。
惶恐滩头说惶恐，
零丁洋里叹零丁。
人生自古谁无死，
留取丹心照汗青。

在珠海桂山岛上，有一座背山面海的文天祥纪念广场。在广场前方中间位置，有一块呈打开状态的石刻书卷，上以红字刻写着中山大学黄天骥教授创作的《文天祥广场序》。在广场尽头的后山顶上，高高耸立着一尊腰挎长剑、气宇轩昂的文天祥雕像，俯瞰整个桂山岛外的伶仃洋海面。雕像基座正面还刻有四个红色大字：法天不息——这是文天祥20岁时殿试科考答卷《御试策》的核心思想。

令人好奇的是，珠海桂山岛上为何会建有文天祥纪念雕像？文天祥在广东究竟经历过怎样可歌可泣的故事？

一、生于乱世

文天祥于宋理宗端平三年（1236）出生于江西吉州庐陵县的富田（今江西省吉安市青原区富田镇文家村）。此地东南崇山峻岭，西北良田万顷，富水像一条玉带从中间穿流而过，蜿蜒曲折到达张家渡后汇入赣江，此后向北经鄱阳湖可抵达南宋政权中心所在的江南各地，向南经赣州、大庾岭则可到达暂时远离战乱的岭南地区。

在文天祥出生前109年（1127），女真人在北方建立的金国南下攻取北宋都城开封，掳走了宋徽宗和宋钦宗，史称靖康之乱，导致北宋灭亡。靖康之乱后，东京失守，身为宋徽宗第九子、宋钦宗之弟的赵构，南退到南京应天府（今河南商丘）登基建立南宋。在金朝军队的步步紧逼之下，赵构只得一路南下，辗转多个地方，于建炎三年（1129）南迁杭州为行在所，并于绍兴元年（1131）升杭州为临安府，此后于1138年正式定国都于临安府。

直至文天祥出生前四年（1233），蒙古大军南下攻破金国首都开封府，金哀宗逃到蔡州（今河南汝南）。南宋趁机派兵北上与蒙古大军联合夹击蔡州，导致1234年金哀宗被逼自缢，金国灭亡。

金国灭亡前，南宋和蒙古是盟友，可金国灭亡后，盟友反转为死敌，南宋只能与强悍的蒙古孤军奋战。此后于公元1252年，元太祖成吉思汗的孙子忽必烈远征云南大理，经过两年的征战，平定大理国。自此，南宋朝廷面临蒙古大军南北夹击的局面，国势处于风雨飘摇之中。

就在蒙古平定大理国后四年（1256），20岁的文天祥因在殿试中表现突出，被宋理宗钦点为状元，自此开始踏入仕途。在此后的日子里，南宋与蒙古在南方各地刀光剑影、血雨腥风。自古乱世出英雄，文天祥后来能成为名垂青史的抗元英雄，很大程度上也是其所处的时代造就的。

二、少年壮志

文天祥的故乡庐陵，素有“文章节义之邦”的美誉，历史上出现过不少著名的文学大家和刚正义烈之士，其中欧阳修（文忠）、杨邦乂（忠襄）、胡铨（忠简）、周必大（文忠）、杨万里（文节）

五人合称为“四忠一义”，他们对中国文化和社会历史产生过重要影响。自小生于斯长于斯的文天祥，受到这种地域文化传统的极大影响。《宋史》有载：

> （文天祥）自为童子时，见学宫所祠乡先生欧阳修、杨邦乂、胡铨像，皆谥“忠”，即欣然慕之。曰：“没不俎豆其间，非夫也。”[1]

文天祥小小年纪在家乡学宫面对先贤塑像，就能发出如此宏大的志愿，可见庐陵地域文化传统对其产生的影响究竟有多深。

文天祥的父亲文仪是庐陵当地的一名乡村教师，生性喜欢藏书读书，在其熏陶引导之下，幼年时期的文天祥就已饱读圣贤之书，接受了良好的启蒙教育。文天祥还被其父带去家乡庐陵附近的书院遍访博学大儒，在与这些有学问的人的交往中，渐渐丰富和增长了学识，并逐渐树立了超乎常人的人生目标。他后来曾作诗劝诫他人说“袖中莫出将相图，尽洗旧学读吾书”[2]，强调读书人应树立起比追求功名利禄更远大的志向。

宋理宗赵昀宝祐三年（1255），文天祥顺利进入吉州当地著名的白鹭洲书院读书。在大学者欧阳守道的悉心指导下，文天祥的学业在短期内取得了巨大的进步。此后于1255年八月顺利通过吉州乡试，次年又顺利通过省试，很快又随父前往都城临安参加了宋理宗亲自主持的集英殿殿试。当时在位已三十余年的宋理宗倦怠朝政多年，长期过着荒淫无度的生活，加之丁大全、贾似道等奸臣当道，国势渐趋衰微。在殿试中，文天祥作《御试策》，呼吁宋理宗治国要依“道”而行，不但要重“公道”，行“直道”，严肃纲纪，整顿吏治，惩治腐败，而且还要“法天地之不息”，坚持不懈地改革创新，励精图治，才能富国强兵。宋理宗极为赞赏文天祥的文章，亲自将他提拔为头名状元，并御笔赋诗《赐状元文天祥以下》，大加称赞其“能为皇家立太平”的“无敌”贤才。文天祥后来在《过零丁洋》起句“辛苦遭逢起一经”，表达的就是少年时期这段科举入仕的经历带给他未来人生的决定性影响。

三、宦海沉浮

文天祥状元及第后，朝廷授官承事郎、签书宁海军节度判官厅公事，但因老父文仪过世而未能赴任。文天祥在家守孝三年后，才正式入京任职。文天祥刚一上任，就赶上蒙古大军南下攻宋，宦官董宋臣唆使宋理宗迁都四明（今宁波），理由是四明靠海，一旦蒙古大军来袭，方便从海路逃走。皇帝即将弃城逃跑的消息刚一传出，马上在临安城里引发了巨大的骚动，一时间，朝廷上下人心惶惶，时刻焦虑着随时可能面临的逃亡。

此时的文天祥新官上任，听闻时情后极为震怒，不顾一切地上书要求斩杀董宋臣，以求安定人心。可是，董宋臣不是普通的官员，而是宋理宗身边最为宠信的内侍，加之迁都本就合乎理宗的心愿，导致奏书最终未被采纳。此后文天祥又曾多次上书直言朝政，不但没有得到回应，反而遭到诸多议和派朝臣的诋毁和攻击，秉性耿直的文天祥感到灰心失望，毅然选择辞官返乡。

宋理宗景定元年（1260），朝廷改授文天祥为镇南军（今江西南昌）节度判官厅公事。后在文天祥本人的请求之下，改任主管建昌军（今江西南城）仙都观（又名麻姑庙）。文天祥在仙都观短暂居留期间，一度四处寻仙访道，日子过得悠游自在，不亦乐乎。

景定二年（1261），朝廷感念文天祥的才情，又将其召回都城临安，官至礼部郎官、学士院权直等职。此后的文天祥始终坚守以直道行事的为官原则，招致奸臣贾似道的嫉恨，想尽一切办法要罢免他的官职，致使其先后多次被免官返乡。

景定四年（1263），文天祥终究被迫离开都城临安，先后出任瑞州知府、江西提刑、湖南提刑、宁国知府、赣州知府等地方官。每到一个地方任职，他总会想方设法减租减税，将劝农桑，发展经济，深得百姓的爱戴，以致在他还活着的时候，就有不少地方兴建生祠来纪念他。

四、起兵勤王

公元1271年，忽必烈在蒙古国皇位之争中胜出，改国号为“大元”。两年后，忽必烈派左丞相伯颜亲率大军讨伐南宋，一度兵临南宋都城临安郊外。此时的南宋朝廷长期为议和派所把持，一旦发生战争，马上割地赔款，但这种外交策略并没有动摇伯颜灭宋的决心，也丝毫没有阻挡住蒙古铁骑前进的步伐。

直至1274年，宋理宗之侄宋度宗赵禥病故，度宗次子、年仅4岁的赵㬎被权臣贾似道拥立为帝，年近70岁的理宗皇后谢道清垂帘听政，孤立无援的南宋朝廷从此被推向极度危险的边缘。后至1275年，贾似道率领的十多万精兵被元军歼灭，南宋朝廷从此失去了最后的军事力量。在万般危急之下，谢道清太后向外界发出“哀痛诏”，呼吁忠义之士聚集力量来临安护驾。

值得注意的是，在谢道清太后发出“哀痛诏”之前，文天祥本来一直过着纸醉金迷奢侈糜烂的生活。以往我们只注意到文天祥正气凛然的一面，但他也有我们所不熟知的另一面。例如，据《宋史》记载，文天祥不仅外貌上长得“体貌丰伟，美皙如玉，秀眉长目，顾盼烨然”，而且生活上“性豪华，平生自奉甚厚，声伎满前”。从这些记载中可以看到，文天祥早年原来是个浪荡子，一度在家过着歌舞升平、妻妾成群、纸醉金迷的生活。可就是这样一个被认为平生绝不会亏待自己的浪荡子，一旦听闻朝廷出现危险，太后发出“哀痛诏”，他马上“痛自贬损”，对自己进行了深切的自我反省，每每谈及国家时事，就会失声痛哭着说“乐人之乐者忧人之忧，食人之食者死人之事”[3]，并将家产统统变卖，全部充作军费，以实际行动聚集四方豪杰，很快组建一支万余人的勤王队伍，准备义无反顾地赶赴临安保护幼主。

在平常的日子里夜夜笙歌、声伎满前，可在国家出现灾难和危险的时候，个人所有的生活享受顿时变得一文不值。文天祥大义凛然的精神气质就是体现在这与众不同的行动选择中。

文天祥组织的勤王队伍主要由一些未经训练的老百姓组成，有人就质问他，现在蒙古大军来势汹汹，所向披靡，你带着一群乌合之众赶赴前方迎战，与“驱羊群而搏猛虎”有何区别？他回答说，其实我也明白这个道理，但国家养育臣民三百余年，忽然有了危险，发出征募令，若无一人一骑应召入关，这是绝对说不过去的。我之所以不自量力起兵勤王，为的就是希冀以一己之行动唤醒天下民众的热情，相信只要越来越多的忠臣义士听闻消息后立刻行动起来，江山就有可能保得住。[4]后来文天祥还将起兵勤王这件事与给父母治病进行类比解释说，假若父母不幸得了不治之症，虽然明知道治不好，难道就真的可以不去治吗？

从这些事情我们可以看出，无论对父母、对民族，还是对国家，文天祥都表现出一种孔子式“知其不可而为之”的执着精神，正是这种做事不求结果，但求问心无愧的执着精神，使其明明清楚起兵勤王希望渺茫，依然竭尽全力去做飞蛾扑火之努力。

总之在文天祥的感召之下，勤王事业获得迅猛发展，在短短三个月时间里，勤王队伍就由万余人增加至三万人。对此，庐陵诗人邓光荐曾作诗称赞道：

奋袂起勤王，慷慨泪盈把。

须臾三万众，如自九天下。[5]

勤王队伍组成后，文天祥命老将率兵到达吉州，然后向朝廷请求前往临安入卫。左丞相王爚（yuè）[6]积极响应，可右丞相兼枢密使陈宜中因听信江西副使黄万石[7]的谗言，阻挠文天祥入京。后迫于朝野内外多方舆论的压力，朝廷才不得不同意文天祥进京入卫的请求。

就在文天祥进京入卫、驻军西湖第二年初，蒙古大军再度兵临临安城下，朝中大臣为求自保仓皇逃窜，此时的文天祥挺身而出，出任右丞相兼枢密使，负责与其他留守大臣同赴元军大营议和。在元军大营里，面对伯颜的威胁，文天祥不卑不亢，不惊不惧，他当着伯颜的面直截了当地说：“吾乃南朝状元宰相，但欠一死报国，刀锯鼎镬，非所惧也。”[8]他还在元军大营写下一首气势如虹的七言律诗，鲜明地表达了其对南宋朝廷一片赤胆忠心，以及面对强敌的威逼不惧生死的凛然正气。全诗如下：

三宫九庙事方危，狼子心肠未可知。

若使无人折狂虏，东南那个是男儿！[9]

文天祥的仁义与正气打动了伯颜，等和谈一结束，伯颜就放走了其他议和大臣，唯独把文天祥扣在大营不放，并派人规劝其投降，遭到严厉拒绝。后来，文天祥在被元军押送至元大都北京途中，在镇江设法成功逃脱，此后历尽千难万险，终于从海路辗转到达温州。

在此期间，为躲避元军追捕，文天祥曾绕道北行，在海上漂流好多天，费尽周折又回到南京扬子江头，写下著名的《扬子江》一诗。在这首诗中，他以“磁针石”比喻自己对南宋朝廷始终不渝的赤胆忠心，以及表达了其百折不挠地想要回到南方重整旗鼓、抗元兴宋的坚定意志。全诗如下：

几日随风北海游，回从扬子大江头。

臣心一片磁针石，不指南方不肯休。[10]

五、南下抗元

由于1275年底南宋派出数位大臣与元军议和不成，至次年二月，被困临安的宋恭宗赵㬎和太后见大势已去，被迫拿出传国玉玺和降表，投降了元军。南宋投降后，赵㬎和太后在伯颜的护送下离开临安，前往元大都。赵㬎成年后被忽必烈派往吐蕃学习佛法，后因一首被怀疑为影射复国之志的诗，被元英宗赐死他乡。

赵㬎降元后，宋度宗赵禥的另外两个幼子益王赵昰和广王赵昺以及一些皇室人员，在大臣的拥护下，从临安乘船一路南下，于温州江心寺会合，辗转流亡到了福州。而文天祥自镇江脱身，辗转多个地方后，最终也从海路逃亡至温州与南宋大部队会合，并随着大部队一起流亡到了福州。接着，陈宜中、文天祥、陆秀夫、张世杰等大臣带着各路人马齐聚福州，拥戴年幼的益王赵昰登基，是为宋端宗。

值得注意的是，临安失守后，在南宋流亡小朝廷内部诸位掌权大臣之间，在将临时国都定在何处的问题上发生分歧：左丞相兼枢密使拥护宋帝将其主政过的福州作为抗元的最后根据地；右丞相兼枢密使文天祥为了方便将来北上抗元，极力主张在地理位置相对靠北的温州开府；但枢密副使张世杰则根本不相信在温州开府可以抵挡得住元军的进攻，而主张在地理位置相对靠南的广州开府，以便为将来抵挡不住元军侵袭进一步南逃做准备。后来陈宜中和陆秀夫等大臣的意见占据上风，益王赵昰才得以在福州登基，福州成为临时国都。不过即便如此，流亡小朝廷内部大臣之间的明争暗斗却始终没有停歇。加之文天祥在南方各地一呼百应的气势，招致朝中大臣的忌惮，以致他们联合起来千方百计阻挠文天祥入朝护主。

文天祥正是因为受到陈宜中等主政大臣的排挤，才不得不离开福州，另寻他处重聚兵力，继续抗元。南宋最后的兵力从此发生分化。文天祥离开福州后，先是在福建南剑州（今福建南平）负责牵制元军，后来还曾带兵北上江西，在赣南大败元军，战火延伸至湖南湖北许多地方，收复不少失地，复宋的希望一度燃起，但不久即遭元军大举反攻，文天祥在赣州兴国的同督府军丧失殆尽，其妻妾女儿均落入敌手，所幸其本人在撤退至永丰空坑后，在当地群众的掩护下只身逃脱。

空坑脱险后，文天祥走山区小路，转移至福建和江西交界的汀州（今福建长汀）活动。一路上一呼百应，散落各地的豪杰之士纷纷闻风而动，很快又重新聚集起了一支颇具实力的抗元军队。对于文天祥在抗元过程中表现出的非凡的号召力，元军将领麦术丁曾在忽必烈面前称赞说：“文丞相英才伟略，古今罕有。曩者开督府于汀州，筹略号令，本朝将帅皆不可及。”[11]

就在文天祥辗转各地艰苦抗元期间，南宋行朝所在的福州于1277年被元军攻陷，张世杰等大臣护送宋端宗沿着海岸线继续往广东方向逃亡。途中船只遭遇台风，宋端宗险些葬身大海，也因此受到惊吓，不久病死在了广东硇（náo）洲荒岛（今广东省湛江市东南约40公里处，一说是香港大屿山）。宋端宗赵昰驾崩后，宋度宗最后一个儿子广王赵昺被拥立为帝。这是南宋历史上最后一位皇帝，史称宋少帝。直至1278年初，张世杰等大臣护送宋少帝辗转来到新会崖山，南宋军民在当地银洲湖畔为少帝和太后修建了一座行宫。

与此同时，在福建汀州活动的文天祥为了和流亡中的南宋行朝建立联系，将部队从汀州转移至循州（今广东龙川）、惠州和潮州等地活动。祥兴元年（1278）夏，当他听闻南宋行朝已在新会崖山建立根据地，为摆脱所处的危难处境，曾写信要求带兵与行朝大部队会合，但招致张世杰等大臣的反对，无奈之下只能带兵退守潮阳县。

在潮阳期间，文天祥率军帮助当地百姓了铲除了以陈懿兄弟五人为首的地方海盗恶霸势力，但在广东海丰五坡岭驻扎修整期间，逃亡在外的海盗陈懿给元军通风报信，元军派遣轻骑精锐假扮成捕鹿猎人发动突然袭击。当时文天祥和其部下正在大营里吃午饭，元军发动突袭，宋军将领仓促应战，相继战死，文天祥吞冰片自杀未遂，成了元军的俘虏。

今天广东海丰县城北郊五坡岭上有一座“方饭亭”，纪念的就是当年文天祥在此地扎营开饭时被元军突袭而败的历史。该纪念亭内有一座石碑，石碑上刻有文天祥肖像，以及文天祥就义后从其衣带中取得的“衣带铭”：

孔曰成仁，孟曰取义，唯其义尽，所以仁至。

读圣贤书，所学何事，而今而后，庶几无愧。[12]

这里所谓的“衣带铭”类似于今天的座右铭，是文天祥时刻带在身边警示自己的格言。从内容来看，文天祥为官处世以仁义为先的行动准则，是一以贯之、慎终如始的。

六、过伶仃洋

文天祥被俘后不久，被张弘正押送至广东潮阳觐见其哥哥张弘范，随后又被张弘范从广东潮阳押送至新会崖山。文天祥就是在这样的历史背景下得以路过珠江口桂山岛附近的零丁洋（现名伶仃洋）的。也许在他路过之时，正是想起这片茫茫大海的“零丁”之名，才勾起他“家亡国破此身留”的悲凉心境，并促使他挥泪写下这首千古绝唱。当船只快要到达崖山时，张弘范让将领李恒逼迫文天祥写信劝降张世杰，文天祥就跟他说：“我自救父母不得，乃教人背父母，可乎？”[13]说完就把前一天写下的《过零丁洋》誊抄一遍交给李恒。张弘范看到诗后，只是称赞“好人，好诗”[13]，终究没有再逼他。

在这首诗首联中，文天祥先是追述了自己早年通过科举入仕的经历，接着又追忆了自己在过伶仃洋前整整四年的时间被权臣排挤在外，独自带兵抗元，乃至兵败被俘的坎坷历程。

接着在颔联中，文天祥先是描述了大宋自靖康之乱退守江南，直至被蒙元威逼放弃临安，以至于幼主南逃广东、病死荒岛的悲惨历程，以及所面临的危急局面，接着又表达了自己虽誓死效忠大宋，但总被奸臣诋毁攻击，以至于国破家亡，孤苦无依的凄凉心境。

尤其值得注意的是，在颔联中，文天祥将国家层面的“山河破碎”和个体层面的“身世沉浮”并列对比陈述，并分别借助“风飘絮”和“雨打萍”两个极富画面感的隐喻，将国破家亡时个体内心中所激起的悲凉之情写到了极致。

在颈联上句中，提到了一个地名叫“惶恐滩”。这是文天祥老家吉州境内赣江十八滩最后一滩的名字。惶恐滩所在的赣江，南北纵贯整个江西，是江西境内最大的河流。20世纪30年代粤汉铁路通车前，赣江一直是中原人南下岭南的主要通道之一。大致路线是：先走赣江自北向南乘船到达江西的南大门大余县（古称南安），再经唐代张九龄开凿的梅关古道从陆路翻过大庾岭，到达南雄后，再从珠江水系的北江乘船南下岭南各地。在20世纪90年代万安水电站建成之前，赣江上的惶恐滩水流湍急，暗礁林立，素有“小三峡”之称，所有南下岭南乘船路过此处的人，都会感到提心吊胆。当地民谣最能表达此滩的险恶：“惶恐滩，鬼门关，十船过滩九船翻，一船已过吓破胆。”[14]苏轼当年被贬岭南路过此滩时，曾写下《八月七日初入赣过惶恐滩》，被认为是“惶恐滩”之名的最早来源。全诗如下：

七千里外二毛人，十八滩头一叶身。
山忆喜欢劳远梦，地名惶恐泣孤臣。
长风送客添帆腹，积雨浮舟减石鳞。
便合与官充水手，此生何止略知津。[15]

文天祥跟着张弘范的大军途经今桂山岛附近的伶仃洋海面时，回忆起四年前在江西起兵勤王、途经“惶恐滩”时的万分惊险，借此表达他竭力效忠宋室，却屡遭惨败，以至于惶恐的凄凉心情。

尾联诗句笔势突转，使得整首诗的格调，一下子由追忆过往的沉郁愁苦，转变为专注于眼前的豪放洒脱。“人生自古谁无死，留取丹心照汗青。”古往今来，有谁能逃一死？但倘若能为国捐躯，死后仍可光照千秋，名垂青史。这句千古绝诗，淋漓尽致地表达了文天祥一片赤诚，甘愿效忠大宋，拒绝投降蒙元的坚定心志。

文天祥过伶仃洋写下此诗后不久，张弘范遣使将之护送至元大都北京。此后文天祥一路向北，经过广东韶州大庾岭时，写下一首《南安军》，表达了作者当时以囚徒的身份过大庾岭时的沉痛心情，以及其甘愿效仿伯夷叔齐不食周粟、绝食而死的坚定心愿。全诗如下：

梅花南北路，风雨湿征衣。
出岭同谁出？归乡如此归！
山河千古在，城郭一时非。
饿死真吾志，梦中行采薇。[16]

公元1279年正月，张弘范带兵追至新会崖门，兵分四路，将南宋的军队封锁在狭窄的崖门海湾内，经过两个多月的猛攻，宋军惨败，左丞相陆秀夫只得背着小皇帝赵昺跳海而亡，十万军民相继投海殉国，大宋王朝至此灭亡。

宋朝灭亡后，文天祥仍矢志不渝。元朝政府将其妻子女儿囚禁在元大都，并让其女儿写信给文天祥，表示只要同意投降，马上便可以与家人团聚。文天祥接到女儿的来信，忍住悲痛终究没有回信。后来他曾在一封写给其妹妹的信中，这样述说自己接到女儿书信后悲痛难忍的感受。原文如下：

> 收柳女信，痛割肠胃。人谁无妻儿骨肉之情，但今日事到这里，于义当死，乃是命也，奈何奈何！涂中有三诗，今录至。言至于此，泪下如雨！[17]

文天祥被押送至北京之后，被囚禁在北京府学胡同。忽必烈召见他，当面劝降，他回答说："天祥受宋恩，为宰相，安事二姓？愿赐之一死足矣。"[18]此后忽必烈又派出归降在京的宋恭帝赵㬎劝降，文天祥依然不为所动。忽必烈眼看劝降无望，于是将其押赴柴市刑场，文天祥从容就义，终年47岁。文天祥先前在《过零丁洋》尾联结句中发出的豪言壮语，终究在其生命的终点得以践行。

如今文天祥所处的时代已离我们远去，但其英勇悲壮的感人事迹仍在粤港各地为大家所缅怀和纪念。

例如，如今每一位去到桂山岛观光的游客，都会在旧码头附近的纪念广场高处瞻仰到他那伟岸飘逸的身影。而且如果你向桂山岛[19]以北去到大约50公里处的香港新界新田，还会发现一座文天祥纪念公园，在公园的最高处也矗立着一尊文天祥雕像，雕像后侧还立有一座牌坊，上面刻有四个大字：正气流徽，周围还以浮雕的形式记述了文天祥的生平事迹，包括其赫赫有名的《正气歌》。据说文天祥的弟弟文天瑞曾于宋末为躲避战乱移居东莞，后七世孙文世歌于明朝永乐年间迁入香港新界新田，如今文氏族人在新界西北影响力很大，曾被列为香港新界原住民五大氏族之一。

此外，如果再向香港新田西北方向，到大约50公里处的深圳大学粤海校区，还会发现校内有两个湖泊被命名为“文山湖”，东北泊名为“上文山湖”，西南泊名为“下文山湖”。并且就在该校西北方向25公里处的宝安区福永街道凤凰社区，还建有文天祥纪念馆。据说，凤凰社区九成以上居民都姓文，均是南宋抗元英雄和爱国诗人文天祥侄子的后代。世代繁衍在此的文氏宗亲为纪念先祖，在兴建文塔公园时决定在古塔旁增建文天祥纪念馆。广东其它地方类似的纪念场所还有很多，不一而足。

注　释

1
［元］脱脱等撰《宋史》卷四百一十八列传第一百七十七，北京：中华书局，1985年，第12533页。“文天祥”三字为作者加。

2
［清］吴之振等选，［清］管庭芬、［清］蒋光煦补《宋诗钞》，北京：中华书局，1986年，第2875页。

3
［元］脱脱等撰《宋史》卷四百一十八列传第一百七十七，北京：中华书局，1985年，第12535页。

4
同上书，第12534页。

5
［清］厉鹗撰《宋诗纪事》卷七十九，杭州：浙江古籍出版社，2019年，第2827页。

6
王爚，字仲潜，浙江绍兴新昌长潭人。南宋恭帝时期的著名宰相之一。

7
黄万石和文天祥在江西任职期间有旧嫌。
8
［清］毕沅撰《续资治通鉴》卷第一百八十二，北京：中华书局，1957年，第4978页。
9
［宋］文天祥撰《文天祥诗集校笺》，刘文源校笺，北京：中华书局，2017年，第567页。
10
同上书，第784页。
11
同上书，第11页。
12
末句原文为“媿”，古同“愧”。［元］脱脱等撰《宋史》卷四百一十八列传第一百七十七，北京：中华书局，1985年，第12540页。
13
［宋］文天祥撰《文天祥诗集校笺》，刘文源校笺，北京：中华书局，2017年，第825页。
14
丁仁祥、李梦星著《吉安：红色记忆·绿色生态·古色人文》，上海：上海文化出版社，2008年，第35页。
15
［宋］苏轼著《苏轼文集编年笺注》，李之亮笺注，成都：巴蜀书社，2011年，第409页。
16
［宋］文天祥撰《文天祥诗集校笺》，刘文源校笺，北京：中华书局，2017年，第891页。
17
文天祥《与妹书》，曾枣庄、刘琳主编《全宋文》第358册，上海：上海辞书出版社；合肥：安徽教育出版社，2006年，第407页。
18
［元］脱脱等撰《宋史》卷四百一十八列传第一百七十七，北京：中华书局，1985年，第12540页。
19
桂山岛以西距珠海香洲区和澳门半岛17海里，港珠澳大桥挨着西边海域自南而北径直穿过，北边离中国香港大屿山仅3海里。

第七章

欧大任归乡探访仙花寺

——读欧大任《仙花寺逢竺僧坚公》，看内地第一所天主教堂如何在肇庆建立

仙花寺逢竺僧坚公

欧大任（明代）

浮海南来已几年，
问师何者是单传。
法门不二无文字，
岂必西天更有天。

这首诗的作者欧大任是明代广东顺德陈村人，自幼喜爱诗词，14岁入著名香山学者黄佐门下读书，与顺德人梁有誉、从化人黎民表、番禺人李时行、南海人吴旦四位同学，在广州城南厢的南园[1]组建南园诗社，以群体力量推动沉寂已久的广东诗坛，史称“南园后五子”，或称“南园后五先生”。在此之前，元末明初，孙蕡、王佐、黄哲、李德、赵介五位诗人已在南园结社在先，“开有明岭南风雅之先”[2]，史称“南园前五子”或“南园前五先生”。

欧大任科举入仕后，一直在江南为官，至万历十二年（1584）回归广东故里[3]，遍览名山大川，并四处寻访高僧大德。他得知肇庆有一所由外国人新建的仙花寺，门口还挂有由肇庆知府王泮[4]题写的匾额，于是满怀好奇地登门拜访。开门迎客的是一位金发碧眼的“僧人”，自称罗明坚[5]，声称来自天竺[6]。在其带领下，欧大任游览了这所风格奇特的“寺院”，见识了里面摆放的各种外文图书和珍奇器物。正是为了记录这次特殊的游览经历，欧大任写下了这首《仙花寺逢竺僧坚公》。

值得注意的是，欧大任在肇庆西江河畔拜访的这座“仙花寺”，被认为是天主教传教士在中国内地建立的第一所天主教堂。令人好奇的是，这所教堂究竟是在怎样的历史背景下在肇庆建立起来的呢？欧大任在诗中提到的“竺僧坚公”又到底是何方神圣呢？这得从天主教耶稣会在中国的早期活动开始说起。

一、沙勿略首登台山上川岛

耶稣会来中国传教，最早可追溯至16世纪上半叶一位名叫方济各·沙勿略的耶稣会传教士。沙勿略出生于伊比利亚半岛纳瓦拉王国[7]的沙勿略城堡。6岁时，西班牙入侵纳瓦拉，沙勿略家族的城堡和领地被毁，其父抑郁而终。此后沙勿略进入法国巴黎大学攻读哲学学位，并得以留校任教。在巴黎期间，沙勿略受到一位名为依纳爵·罗耀拉[8]的年长同乡影响，皈依天主教，并于1540年与罗耀拉等人在巴黎正式成立耶稣会，罗耀拉担任第一任会长，沙勿略则成为首批传教士。

耶稣会刚成立不久，葡萄牙国王号召传教士前往东方殖民地传教。沙勿略被派往葡萄牙，并搭乘葡萄牙的舰船到达印度的果阿等地传教，此后越过马六甲抵达日本南部九州鹿儿岛，并以此为据点在日本各地传教，成为首位踏上日本国土的西方传教士。

在日本传教的经历使沙勿略意识到，要想在东方国家传教，必须得对当地文化有足够的了解与包容，只有真正做到入乡随俗，才有可能获取成功。沙勿略在日本传教期间得知日本文化深受中国文化的影响，就此萌发了把天主教信仰传向古老中国的想法。

可在当时，由于明朝政府采取严厉的海禁政策，西方传教士要想进入中国内陆十分困难。沙勿略先是在印度组建了一个使团，设法通过官方途径进入中国，可没想到使团经过马六甲时即被扣留，致使计划失败。此后他决定放弃官方途径，设法采取单独行动实现进入中国内陆的目标。

1552年8月[9]，沙勿略从日本搭乘葡萄牙商船，成功抵达广东沿海荒岛上川岛[10]，试图以此地为基点，伺机偷渡进入广州城。沙勿略之所以能顺利进入上川岛，是因为在此之前，这里早已成为葡萄牙人和中国人的贸易据点。沙勿略一上岛就马上去问岛上的葡萄牙商人和中国商人有什么办法可以帮助他进入中国内陆的城市。结果所有人都警告他，通往大陆的每条道路都有警卫封锁和把守，外国人要想登陆是不可能的。沙勿略不但没有被各种威胁所吓倒，反倒以更大的热情四处寻觅进入中国内陆的机会。可不幸的是，沙勿略不久染病不治，并于该年年底过世[11]，终年55岁，至死都没有实现进入中国内陆传教的心愿。

耶稣会传教士利玛窦曾在日记中这样描写沙勿略病逝上川岛前的凄惨画面：

> 一个葡萄牙人发现他躺在旷野上，发着高烧，并且为他可怜的状况而感动，所以就把病人送往自己的小屋，在自己的贫困所允许的范围内照顾他。小屋是那些建筑在海边上摇摇欲坠的茅舍之一，四面通风。中国官方禁止葡萄牙人建造任何种类的坚实房屋，他们的一切建筑都要在他们离开时任其荒芜。……主人要求给病人放血，使他好受一些；沙勿略十分痛苦又知道岛上缺乏医疗方法，所以耐心地表示接受对他的任何治疗。放血使他衰弱的身子抽筋和痉挛，同时出现呕吐。手头没有可供病人吃的食物。事实上，根本就没有食物，只有葡萄牙海员带来的一点杏仁。由发热产生了食欲不振，以致整整两天他一点食物都没有入唇。被消耗性的热症拖垮，毫无援助，病势每个小时都在加重，这一切他都那么

平静安详地忍受，他不哼一声怨气也不求人帮忙。唯一似乎使他失望的是，他是死在床上，或者不如说是躺在地上，因此就失去了他所渴望的殉道桂冠，而它在某种意义上是从他手里被抢走的。[12]

如今在广东台山上川岛上，建有圣方济各·沙勿略墓园，墓园山顶上立有一座墓碑，墓碑上刻着纪念文字“大明耶稣会士泰西圣人范济各沙未尔于嘉靖三十一年壬子之冬升天真迹崇祯十二年已卯众会友立碑”[13]，墓碑下方用葡语勒文，意思是：“这里长眠着耶稣会在东方的传道者圣方济各·沙勿略。1639年立。”[13]这些遗迹永恒地见证了这段非比寻常的历史。

二、罗明坚和利玛窦来澳门

继沙勿略之后，对天主教在中国的传播产生重要影响的耶稣会传教士，是意大利人范礼安[14]。范礼安于明神宗万历元年（1573）被耶稣会任命为远东巡视员，并于万历六年（1578）经印度果阿来到澳门，此时距离沙勿略病逝上川岛已经过去26年了。

范礼安到达澳门后，在前辈沙勿略日本传教经验的基础上，在澳门总结出一套行之有效的传教“规矩”，那就是：绝不能要求接受传教的中国人葡萄牙化，而是要反过来让西方来华的传教士中国化。在他的影响下，所有来华传教士都会在澳门苦心学习中国的语言文字，熟悉并采用中国的风俗习惯。

明神宗万历七年（1579），范礼安从印度选调一批传教士来澳门工作，其中一位就是欧大任诗中提到的肇庆仙花寺“住持”罗明坚。三年后，耶稣会在澳门成立了新的团体，范礼安再次从印度调来一批传教士，这里面就有后来和罗明坚一道在肇庆创建仙花寺的巴范济[15]和利玛窦。

罗明坚抵达澳门后，遵照范礼安的指示，专心学习中国语言，不仅要学讲中国话，学会用近代南京官话和粤语白话交流，而且要学写中国字，学会用汉语撰写天主教经典语录进行传教，以及要适应中国人的生活习惯，学会采用中国人的礼节习俗融入当地生活。罗明坚在澳门期间刻苦学习汉语，在短期内掌握了大量词汇，并在学习过程中着手编撰了第一部《葡汉辞典》。

三、罗明坚和利玛窦入肇庆

在做好了充足的准备后，机会终于来临，一艘从印度来澳门的葡萄牙商船正要开去省城广州参加番市交易，罗明坚混在商队里，首次得以成功进入广州。在广州短暂停留期间，罗明坚凭借其机智的头脑、谦逊的态度以及有学识的名声，通过赠送从欧洲带来的机械钟表等新奇西洋器物，成功结识了广东地方官员。

没过多久，罗明坚和利玛窦等人终于接到了两广总督陈瑞和肇庆知府王泮的邀请，允许他们前往总督办公所在地肇庆落脚。

说到这里，令人好奇的是，当时两广总督的办公地为何不在省城广州，而在两广交界处的肇庆呢？对此，利玛窦在日记中这样记载：

广东省的总督被认为是他的同级中极有势力的一个。他的省份位于中国的边境，远离都城北京，被漫长的海域所包围。它的地理位置所造成的结果是，道路上盗匪充斥，海道上也有海盗，大多是日本人。为了补救这种局势，他还受命管辖邻省广西，这就使他在需要的时候能调动一支大军。因为有这些难题，他的政府所在地不是本省的省会，像别的地区那样，而是在他所治理的两省交界处的肇庆。[16]

1583年9月10日，罗明坚和利玛窦受邀自澳门乘船抵达肇庆。在觐见总督陈瑞的时候，他们献上钟表和几只三角形的玻璃镜，这让总督大人极为高兴，并因此殷勤地接待了他们，最终在天宁寺附近分派给他们一座宽敞的住所，时时派人将食物和其他物品送进来。

为了等待获准一块永久居留地，他们就这样在肇庆待了四五个月。非常可惜的是，由于某种不可推卸的过失，总督陈瑞突遭朝廷解职，这使得他们一下子失去了这来之不易的保护力量。尽管陈瑞在离职前给他们签发了证书，以方便他们到省城广州继续寻求落脚地，但等他们真的到达广州时，证书并没有发挥作用，最终还是被拒上岸，无奈之下他们只能灰心失望地返回澳门。

当他们返回澳门以后不到一个星期，新任两广总督郭应聘派一名卫队长从肇庆来到澳门，送交给他们一封信件，说是邀请他们去肇庆接受政府赐予的一笔财产，修建一所教堂和房屋。这道消息好比绝望的深渊里突然升起的一盏希望的明灯，让神父们大喜过望，很快他们就再次乘船从澳门来到肇庆。

四、仙花寺教堂终落成

罗明坚和利玛窦等人来到肇庆后，为了避免被驱逐，无论是面见政府官员，还是回答一般人的询问，都不敢透露传教的真正目的，而是统一宣称来自天竺，为的是让中国人以为他们是佛教徒。

他们先是被分派一块很小的地皮用来建造落脚居室，后来又被允许在西江岸边挑选一块更大的地皮用来兴建教堂。利玛窦曾在日记中这样描绘总施工开始时热闹的场面：

> 各阶层大群好奇的人都被吸引来了，有的甚至来自远方，显然被有关外国教士的故事所打动。……他们称为无价宝石的玻璃三棱镜，凡是要看的都让看，还有书籍、圣母像和其他的欧洲产品，都由于新奇而被认为是漂亮非凡。[17]

为了促使施工更快进行，知府派人送来工地几千块砖瓦和大量的木料，加上罗明坚变卖三棱镜获得的二十个金币，神父们不仅建好了用于居住的房屋，而且很快按原计划开始兴建一座两层欧式建筑作为教堂。

教堂建设期间，肇庆知府王泮经常会带着其他官员前来拜访，神父们为了表示感谢，向他们赠送纪念品和小礼物，他们也会欣然接受。唯有两广总督态度较为冷淡，不愿公开接见欧洲人。当神父们去拜访他，感谢他赐予住所，并且赠送他几样小纪念品时，“他既不接受礼物，也不让他们进去。他只是让人传话：不必拜访他，也不必费心送礼。他认为，如果他们安静地住在指定给他们的地方，那就够了。”[18]

肇庆知府王泮发现这些欧洲传教士拥有比中国人更为先进的学术和文化以后，决定按照中国的习惯赐给他们一项极为重要和特别的礼物，那就是安排一个很大的排场赠送给他们两块制作精美的彩匾。利玛窦在日记中记载道：

> 这块匾的正面刻有三四个称颂被尊敬的人的大字。字下面一边用小字刻着敬献给其友人的这个官员的姓名头衔，另一边刻着赠礼的日期，从当今皇帝开始御极之日算起。……两块这样的匾按传统的盛况和游行送到教堂。其中一块他要放在教堂的门口，那也是整个建筑的大门。这块匾上刻着“仙花寺”。另一块，他吩咐放在接待宾客的会客厅，上面刻着“西来净土”。这两块匾大大提高了神父们在各阶层百姓中的声望。第一块匾，人人在进入外室时都要读到它，另一块则在进入内厅时读到。因此出现这种情况：没有人在离开那里时会不注意到传教士受当地高官礼敬的事实。[19]

仙花寺建造过程中，由于长期得不到澳门方面的援助，传教士们的经济状况每况愈下，他们欠了很多债，不能再用翻译和仆役了，并且也不得不停止教堂的修缮工程。最后罗明坚不得不重返澳门去寻求帮助。所幸肇庆知府很有诚意，给他准备了一只配备有三十多名水手的豪华大船。不过，当他坐着大船抵达澳门时，发现澳门经济正处于艰难时期，整个澳门都在盼望着从日本归来的葡萄牙商船。为了等到商船归来，罗明坚在澳门等待了整整一年的时间，所幸最终商船还是到来了。从日本归来的葡萄牙商人给予罗明坚大量援助，加之肇庆政府和其他社会人士给予的资助，债务全部得以偿还，仙花寺的建造工程也终究得以完工。利玛窦在日记中这样描述完工后的仙花寺的风貌：

房子本身很小，但很中看。中国人一看它就感到很惬意；这是座欧洲式的建筑物，和他们自己的不同，因为它多出一层楼并有砖饰，也因为它的美丽的轮廓有整齐的窗户排列作为修饰。房屋的地点和安置也增了它的美丽。从这里能看见沿水面上的所有建筑物，河上有各类船只，河那边是整整一片树木繁茂的山峦。[20]

仙花寺建起来后，一度声名远播，许多人都想来一开眼界。来访的高官络绎不绝，其中不仅有来自肇庆本地的，还有从其他省份来见总督的官员。已从江南辞官回到广东，正四处叩寺访僧的欧大任也慕名而来。从其写作的《仙花寺逢竺僧坚公》的诗名来看，当时出来迎接他的是罗明坚，而不是利玛窦。至于欧大任到访当日，利玛窦到底有没有在场，我们不得而知。

五、罗明坚遭遇挫折返罗马

就在罗明坚在澳门苦苦等待葡萄牙商船从日本归来之际，留守肇庆的利玛窦做了一件意义十分重大的事情。起因是他在教堂的墙壁上，挂了一幅用欧洲文字标注的世界地图。前来参观的知府和有识之士看了之后大为赞叹，表示希望看到一幅用中文标注的同样的地图。利玛窦早年在欧洲受过很好的数学训练，加之知府又明确提出了要求，他马上着手进行这项工作。等这个被称作《山海舆地全图》[21]的中文版世界地图正式完工后，引来了一些人的讥讽和嘲笑，但也有一些有学识的人，从中研究出了相当于南北回归线的纬线、子午线和赤道的位置，对地图大加赞赏。后来，这份地图经利玛窦不断修订、完善，取得了巨大的成功，不仅顺利进入了知府和总督的衙门，而且最后甚至被皇帝请进了京城的皇宫。

教堂完工之后，传教士们传教工作的开展并不顺利。一直支持他们工作的肇庆知府王泮升官了，接替王泮的是他的浙江同乡郑一麟[22]。新任知府准备去北京觐见皇帝作三年一次的述职汇报，特意邀请罗明坚与他一同前往，但因手下劝告说带外国人前往可能不安全，于是改口说如果神父愿意去其故乡浙江是没有问题的。罗明坚出于传教的考虑，欣然应允，不久在另一个神父麦安东的陪伴下，抵达浙江绍兴。前知府王泮的亲属热情地接待了他们。然而，在接下来的日子里，他们在绍兴私自开展了传教工作，深得当地人的欢迎，并和当地官员往来甚密。这引起了王泮亲属的警觉，担心罗明坚在绍兴的活动会给他们家族带来麻烦。在百般威逼之下，罗明坚一行被迫返回肇庆。

罗明坚回到肇庆后，从前热心的保护人王泮态度大变，见面时总是绷着脸，并明确表示要断绝关系，甚至下令要求抹掉他在仙花寺匾额上题写的名字。罗明坚就这样失去了王泮的信任和保护，于是只能设法寻找新的居留地。王泮的密友谭君谕与罗明坚交好，他建议罗明坚去湖北武当山访问。没过多久，罗明坚在谭君谕的帮助之下，踏上了前往武当山的旅途。当他们经过广西省会南宁时，得知有一位皇子住在城里，于是想方设法要结交这位皇子。皇子拒绝见面，并命他去见总督。总督和其他官员勉强接见了他，但态度冷淡，只是一味地劝导他尽快离开南宁，以至于最后全城都贴出告示驱赶他们，居所周围的衙役也处于高度警觉状态。罗明坚一行只能再度返回肇庆。

罗明坚回到肇庆后，由于其在南宁的经历引起了王泮进一步的警觉，加之来自其他各方面的麻烦和压力，知府下令让其马上返回澳门。罗明坚只能接受命令，没过多久就回到了澳门。返回澳门的罗明坚恰好见到了刚从日本回来的耶稣会远东巡视员范礼安。他把肇庆的艰难处境跟范礼安一五一十地做了汇报，这导致范礼安作出了一个重要决定——让罗明坚返回罗马，设法请求教皇安排一个教皇使节的名号，带着教皇的信件和礼物来见中国皇帝，或许有希望取得在中国永久居留的权利。出发前，范礼安让利玛窦在一位中国学者的协助之下，事先用漂亮的中文书法拟好了教皇致中国皇帝的信、致广东总督的信，以及教皇赐予的使臣聘书。这一切安排用心良苦，都是为了未来回到中国觐见中国皇帝时能够博得欢心。

明神宗万历十六年（1588），罗明坚从澳门出发，乘船回到了罗马。不幸的是，他在罗马赶上教廷四次更换教宗——西斯笃五世（Sixtus V）、乌尔巴诺七世（Urban VII）、国瑞十四世（Gregory XIV）和意诺增爵九世（Innocent IX），再加上西班牙无敌舰队被英国海军击败，西班牙国王无暇顾及推动教宗遣使来华的事，这使得其使命不得不往后一拖再拖，年老体衰的罗明坚只得奉命退隐到那不勒斯的耶稣会公学担任神师，最终于1607年终老在意大利中南部的萨勒诺（Salerno）。

六、利玛窦进驻京城至终老

罗明坚回到欧洲之后，只留下利玛窦继续留守肇庆。出于对利玛窦的担心，范礼安将麦安东神父从澳门派来肇庆与他做伴。然而，没过多久，广东新任总督刘继文将仙花寺据为己有，并以禁止利玛窦传播“邪教”为由，把他驱逐出肇庆，迫使他转移到韶州活动。

利玛窦和麦安东就这样被驱赶到了韶州。两人乘船抵达韶州后，本来总督要把他们安排在六祖惠能真身所在的南华寺内借住，然而他们一方面嫌此地离城太远，不方便与当地知识阶层和官员交往，另一方面也出于有意与该寺佛教徒保持距离的考虑，于是在河西岸另一所寺院附近选择了一块空地，建造了一座中式建筑居住。

不幸的是，利玛窦在韶州期间连续遭遇挫折，先是范礼安派来的麦安东神父病逝，接着在七月的某一天夜里，遭遇强盗入室抢劫，两三名仆人遭受重伤，利玛窦本人脚踝受伤，后来石方西（Francois de Petris）神父也因发高烧而病逝，最后只剩下他孤身一人在韶州活动。然而，所有这些灾难不但没有摧毁他的意志和信念，反而促使他在韶州更加积极地开展社交活动。利玛窦在韶州广泛结交当地达官贵人，联合礼部尚书瞿景淳的儿子瞿太素等人翻译了欧几里得《几何原本》的第一卷，并通过赠送用铜和铁自制的天体仪、地球仪和计时日晷等西洋器物，获得了许多重要人士的支持。尤其是当他得知和尚装束的“修士”在当时中国并不受尊重后，开始蓄发留须，改穿儒服，以儒家士人形象与人交往。

利玛窦的士人打扮使其获得了较高的社会地位，获准进入了更广泛的朋友圈子，并很快获得前往南京的机会。在随后的日子里，虽时有灾难或曲折，但他最终经南昌、南京，成功到达帝国政治中心北京，实现了自沙勿略以来耶稣会传教士们一直以来最大的心愿与梦想。

利玛窦到达北京后，凭借其深厚的学识和新奇的礼物，与京城里的徐光启、李之藻等士大夫交往甚密，并很快取得了明神宗的信任，获准常驻北京。直至明神宗万历三十八年（1610）五月，利玛窦在华传教28年后，病逝于北京。按当时的惯例，死在中国的外国传教士必须运回澳门神学院墓地安葬。然而，在利玛窦生前结交的朝中重臣的斡旋下，终于获准破例赐葬于北京平则门外的二里沟滕公栅栏，成为历史上首位安葬于北京的欧洲传教士。

最后，反观以利玛窦为代表的耶稣会传教士在明代广东的所有活动，有许多值得品评之处。首先，他们锁定当时中国的上层人士作为传教对象。这就是在中国传教的众多天主教派中唯有耶稣会这一派产生了重要且深远的影响的重要原因。罗明坚和利玛窦在当时能顺利从澳门来到肇庆落脚，并成功建立中国内地第一所天主教堂，全都是由于获得了广东上层地方官员的支持。其次，他们特别注意学习和接纳中国本地的语言文化习俗。利玛窦在来到肇庆之前，在前辈沙勿略和范礼安的指导下，在澳门已经打下了很好的汉语语言基础。来到肇庆以后，他始终注重学习和钻研中国文化经典，这使得其不仅成为天主教在华传教的主要开拓者之一，而且成为第一位阅读中国文学并对中国典籍进行深入研读的西方人。再次，他们在广泛结交上层官员和社会名流的同时，也促使西方先进的天文、数学、地理等科学技术知识首次在中国上层士大夫阶层中得以传播，打开了明清两朝西学东渐的大门，对后世影响深远。利玛窦不仅在肇庆期间亲手绘制了中国现存最早具有完整经纬线的中文版世界地图，而且后来到了北京以后，还和士大夫徐光启合译《几何原本》前六卷，其中译定的重要术语沿用至今，成就明清西学东渐史上的一段佳话。

注　释

1
南园诗社旧址，在今广州文德路62号玉带濠一带。参黄树森主编《广东九章》，广州：广东人民出版社，2006年，第84页。

2
［清］屈大均撰《广东新语》卷十七，北京：中华书局，1985年，第463页。

3
欧大任回归故里以后，在顺德赤花洲筑造清朗阁收藏典籍，并在广东各处游历，题诗遍布肇庆、清远、罗浮山、白云山等地的风景名胜。万历二十三年（1595）过世，终年80岁。

4
王泮，生卒年不详，浙江绍兴人，万历甲戌进士。万历八年（1580）授肇庆府知府，并于万历十年（1582）与两广总督陈瑞邀请耶稣会传教士罗明坚、利玛窦和巴范济同赴肇庆居留，同年兴建崇禧塔。万历十二年（1584）六月升本省按察司副使，分巡岭西。后官至广东左布政使。

5
罗明坚（Michele Ruggieri），字复初，天主教耶稣会意大利籍传教士。是明朝以来第一个进入中国大陆的西方传教士，也是欧洲汉学的奠基人。在其所著《圣教实录》中首先使用“天主”一词。参孔祥民主编《世界中古史》，北京：北京师范大学出版社，2016年，第75页。

6
天竺是印度的古称。为了不被当时的中国人排斥，罗明坚将自己伪装成来自印度的佛教僧人。耶稣会士一开始来到中国内地，以为中国人信奉佛教，而佛教来自印度，于是就以印度和尚的面目进行传教。罗明坚与欧大任见面时自称是天竺国僧人就是这个缘故。不过他们后来的传教经历证明这是错误的做法。

7
纳瓦拉王国前身是一个独立王国，如今为西班牙北部一个自治区。

8
依纳爵·罗耀拉（Ignatius Loyola），出生于比利牛斯山脉附近的罗耀拉城堡，为西班牙贵族。1540年在罗马教皇保罗三世的支持下创建耶稣会，出任总会长。
9
关于沙勿略到达上川岛的确切时间，可参阅刘海玲著《沙勿略远东传教活动的研究》之“沙勿略年谱”，博士学位论文，浙江大学历史学系，2015年，第189页。
10
今广东江门台山西南部岛屿，东邻中国香港、中国澳门和珠海，距大陆山咀码头9.8海里。
11
沙勿略于1552年11月21日开始发烧，28日起陷入昏迷，12月2日的夜半至3日凌晨去世。参刘昭瑞《上川岛方济各·沙勿略墓园散记》，载《寻根》2006年12月10日，第47页。
12
［意］利玛窦、［比］金尼阁著《利玛窦中国札记》，北京：中华书局，2010年，第138—139页。
13
王欢《台山市海上丝绸之路遗存发现与研究》，载《福建文博》2015年3月25日，第31页。
14
范礼安（Alessandro Valignani），意大利籍耶稣会传教士。1566年就读帕多瓦大学期间加入耶稣会。1573年被任命为耶稣会远东观察员视察澳门教会。1578年9月由印度果阿抵达澳门。
15
巴范济（Francesco Pasio），意大利籍耶稣会传教士。曾与利玛窦一同在华传教，是明代天主教向中国传播的开拓者之一。
16
［意］利玛窦、［比］金尼阁著《利玛窦中国札记》，北京：中华书局，2010年，第148页。
17
同上书，第164—165页。
18
同上书，第167页。
19
同上书，第172—173页。
20
同上书，第182页。
21
利玛窦起先在肇庆亲手绘制的《山海舆地图》，后被其带去北京献给明神宗作为见面礼。此图后几经重绘，最终于万历三十年（1602）由太仆寺少卿李之藻出资在北京刻印刊行，改称《坤舆万国全图》。
22
郑一麟，浙江上虞县人，万历五年（1577）进士，万历十二年（1584）出任广东肇庆府知府。

第八章

伍浩官一口通商成首富

——读屈大均《广州竹枝词》，看伍秉鉴如何在近代广州跃升为世界首富

广州竹枝词

屈大均（明末清初）

洋船争得是官商，
十字门开向二洋。
五丝八丝广缎好，
银钱堆满十三行。

清代一口通商成就广州史上最辉煌的时代，最能体现这一点的，是在广州十三行中出了一位名叫伍秉鉴的外贸行商，被认为是当时世界上最富有的人。

2001年美国《华尔街日报》统计了过去一千年中最富有的50个人，共有6位华人入选：成吉思汗、忽必烈、刘瑾、和珅、伍秉鉴和宋子文。这6人中，成吉思汗和忽必烈是元代君主，刘瑾是明代宦官，和珅是清朝权臣，宋子文是国民政府的财政部部长，只有伍秉鉴是草根出身的商人。《华尔街日报》还评论说，伍秉鉴是当时世界上“最大的商业资产拥有者，天下第一大富翁”。

关于伍秉鉴的资产，近代久居华南的美国商人威廉·亨特[1]在其晚年撰写的回忆录《广州番鬼录》中记载说：“浩官究竟有多少财产，是大家常常谈话的话题，但有一次，因为提到稻田、房屋、店铺、钱庄，以及在美国、英国船上的货物等各种各样的投资，在1834年，他计算一下，共约值2600万两。”[2]若按当时在广州流通的“番银”[3]墨西哥鹰洋银元[4]折算，伍秉鉴的总资产大约相当于今天的50亿美元[5]。坐拥如此巨额的资产，伍秉鉴在当时成为当之无愧的世界首富。

然而，尽管伍秉鉴一度蜚声海外，但时至今日，在国内知道他的人却微乎其微。一谈起历史上的大富商，人们首先会想到范蠡、子贡、白圭、吕不韦、沈万三、胡雪岩等人，很少有人会想到这位生活在近代广州的伍秉鉴。接下来让我们来追寻历史的印迹，看看伍秉鉴究竟是在怎样的历史条件下在近代广州成为世界首富的。

一、生正当时：康乾盛世

正如我们所知，美国是今天世界上最富有的国家，2021年美国的国内生产总值为23.32万亿美元，位居全球各国首位。[6]目前世界上最富有的十个人中有七个是美国人[7]，其中特斯拉首席执行官埃隆·马斯克以2499亿美元的资产荣登全球富豪榜榜首[8]。但是，在19世纪40年代以前的一个多世纪里，世界上最富有的国家是中国，清嘉庆二十五年（1820）的国内生产总值占据世界国内生产总值总量的32.9%[9]，位居世界首位。而当时的世界首富不是西方人，而是拥资2600万两墨西哥鹰洋银元（约50亿美元）的广州十三行行商伍秉鉴。

康乾时期的农业、手工业和对外贸易的发展均处于世界先进水平。对此，担任晚清中国海关总税务司达半个世纪之久的英国人赫德曾感叹说：

> 中国有世界上最好的粮食——大米，最好的饮料——茶，最好的衣料——棉布、丝绸和皮革。中国拥有这些大宗物产，还有无数的土特产品，他们实在不需要从外面购买哪怕是一分钱的东西。[10]

当时清朝的农业发展水平和人口增速远超同时期的欧洲国家。这方面，正如法国汉学家谢和耐所说：

> 十八世纪是最显示出发展差距的历史时刻。其时欧洲农业收成低微，人口密度不大，人口数量增长缓慢，而中国却拥有精湛而又多样化的农业，人口增长异常迅速，二者形成鲜明对照。[11]

这段时期清朝的农业，不论是人口数量、粮食产量，还是耕地面积，都达到了历史最高水平。尤其是玉米、花生、红薯、马铃薯等美洲引进作物的大量种植，加之全国范围内的大米、小米、大麦、小麦等传统粮食作物耕作，从此前的一年一熟制转变成二年三熟制、一年二熟制，甚至一年三熟制，土地生产率大幅提升，清代的粮食产量远超以往任何历史时期。此外，棉花、茶叶、甘蔗等经济作物种植面积也不断扩大，刺激了商品贸易加速发展。对此，谢和耐曾写道：

> 十八世纪中国农业达到其发展的最高峰。在现代农学出现之前，中国农业就其技术、种植品种多样化、生产效率而言，显然成为历史上最精湛、发展程度最高的农业。[12]

在手工业发展方面，尽管乾隆后期英国已开展工业革命，但西欧才刚起步的机器生产与中国久已成熟的手工业生产相比，仍未显示出明显优势。康乾时期的外贸出口频现井喷式增长，缔造了传统手工业的末日辉煌。乾隆年间，瓷器制造业和玻璃制造业均已达至历史顶峰水平。江西景德镇瓷窑一年能生产十数万件御制瓷器，清宫玻璃厂能生产造型丰富的透明玻璃和十多种单色不透明玻璃。自17世纪末起，上海松江的棉纺织业长期雇用工人达20万之多[13]。茶叶种植除长江流域为主产区以外，福建与浙江出产的茶叶也名满天下。各地生产的茶叶运往广州，通过茶商源源不断地卖给东印度公司出口海外。据统计，海运茶叶出口1762年为260万磅，18世纪末已达2330万磅，至19世纪仍在增长。[13]清代丝织工艺水平相比前朝也有很大发展，而且形成种类繁多的地方特色。除丝织业最为发达的江浙地区以外，广东广州、佛山也出产品质上乘的特色丝绸，并借助对外贸易的便利，远销海外。屈大均有《广州竹枝词》"洋船争得是官商，十字门开向二洋，五丝八丝广缎好，银钱堆满十三行"[14]，吟诵的就是清代广州十三行通过官方垄断外销丝绸，赚得盆满钵满的繁荣景象。

此外，清康熙二十二年（1683）统一台湾以后，清政府取消了对外贸易的限制，更是导致当时中国对外贸易飞速发展。中国各地生产的茶叶、丝绸、布料、瓷器、蔗糖、家具、五金等手工制品源源不断地通过沿海港口远销日本、东南亚和欧洲各国，乃至有统计称"1571至1821年间，欧洲自南美与墨西哥进口的四亿银元中，有一半供西方诸国购买中国产品之用。倘若估计正确，则可以证明，中国是发现美洲的最大受益者"。[15]

显而易见，中国康乾时期，确实已发展成在世界经济中处于支配地位的国家。广州十三行正是在这样空前富庶的时代背景下应运而生，而伍秉鉴也正是在这一史无前例的历史当口担任广州十三行的外贸行商，并一步步成为享誉世界的"天下第一富"的。

二、独占地利：一口通商

伍秉鉴在近代成为世界首富，不仅因为赶上空前繁荣的康乾盛世的"天时"，而且也与其所处的广州自古就是海上贸易的枢纽的“地利”息息相关。

易中天说过，北京之所以被称作北京“城”，是由于其自古就是政治权力的中心；武汉被称作武汉“镇”，是由于其一直发挥着镇定一方的军事功能；而广州被称作广州“市”，是由于其本来就是进行商品交易的地方。对比老北京和老广州的城市规划图可以发现，老北京的城市布局看上去严密规整，有对称的中轴线，可老广州的城市布局则显得毫无章法，缺乏明显的中轴线，这主要是因为北京城是根据特定的政治目的，经过严格的规划和设计建造而成的，而广州市则是根据市场交易的需求自然而然形成的，交易市场发展到哪里，城市建筑就延伸到哪里，建筑布局就自然不会像北京或西安那样具有明显的设计感。

所有熟悉广州的人一定知道，自1957年以来，素有中国外贸晴雨表和风向标之称的中国进出口商品交易会，每年都会在广州琶洲会展中心举行两次。其间来自世界各地不同肤色的外国商人云集广州，酒店价格直线飙升，地铁里人头攒动，一派热闹繁荣的景象。如此重要的外贸交易会为何会永久落址广州举办呢？原因一定有很多种，但有一点是毋庸置疑的，那就是广州这座城市自古以来就是中国进出口贸易的中心。

公元前214年，秦始皇派大军征服岭南，南海郡尉任嚣在白云山和珠江之间的番山和禺山上（今广州市越秀区仓边路附近）建立番禺城（又称任嚣城），这是广州建城的开始。任嚣病故后，本为副将的赵佗继任南海郡尉。一直到秦朝末年，中原大乱，赵佗趁机割据岭南，建立南越国，号称南越武王。今天位于广州市越秀区解放北路的象岗山上的南越王墓，就是赵佗孙子南越文王赵眜的陵墓。去到南越王墓，就会发现墓中众多出土的文物当中，不乏诸如波斯银盒、非洲象牙和红海乳香这样的海外舶来品，这表明广州早在秦汉建城早期，就已经开始从事远洋贸易了。

据《汉书·地理志》记载，秦汉时期岭南地区的先民就已经开辟了往返徐闻（今处广东湛江最南端）、合浦（今处广西最南端的北海港周围）至印度的海上丝绸之路。那时候，南海郡的番禺（今广州）是海上丝绸之路的大都会，外贸商船的始发港则是合浦郡的徐闻。三国两晋南北朝时期，广州正式成为海上贸易的中心。当时中原地区朝代更替频繁，战火频仍，大批中原移民为逃避战乱陆续迁入岭南，促进了广州经济的发展，海上丝绸之路的中心逐渐转移至经济发展水平更高的广州，广州港的海上贸易日渐繁荣。唐代，广州作为海上丝绸之路的主要港口，已发展成世界著名的东方港口城市，这使得唐朝政府不得不设立市舶使官职，特派官员驻地广州，对市舶贸易进行监督和管理。最能显示唐代广州海外贸易蓬勃发展的，是唐代“广州通海夷道”远洋航线的开辟。据《新唐书》记载，这条航线自广州起航，经南海海域，再经越南到达马六甲海峡，后经印度洋，一路西行至波斯湾，到达东非海岸坦桑尼亚的桑给巴尔等地。这条航线全程一万四千多公里，是当时世界上最长的远洋航线，充分显示了广州作为唐代中国乃至全世界最大的海外贸易港口的重要地位。

唐代诗人刘禹锡曾在元和十一年（816）在连州创作的一首诗中写道“连天浪静长鲸息，映日帆多宝舶来”[16]，描绘的正是唐代广州港外商船只（宝舶）汇集如云的繁荣景象。

至唐玄宗开元年间，由于大量的波斯和阿拉伯（时称大食）

商人聚集广州，社会治安和涉外纠纷成为问题，唐朝政府于是在广州城西南开辟一块名为“蕃坊”的特别区域，专供侨居广州的外商常住，并设有名为“蕃坊司”的管理机构，对这些常住广州的外商进行管理，负责处理藩坊居民的各种纠纷。今天位于广州越秀区光塔路56号的怀圣寺，就是唐代藩坊侨居广州的阿拉伯侨民集资建立的清真寺。这是中国现存最早的清真寺，甚至是世界上较早的清真寺之一。时至今日，每年的广交会期间，许多阿拉伯商人都会来此做礼拜。

五代十国时期，唐末南海王刘隐的弟弟刘龑在广州称帝，统辖今广东、广西和海南三省范围，改国号为汉，史称南汉。这是岭南历史上继南越国后，以广州为中心建立的第二个地方割据政权。据说，在南汉割据统治期间，外贸市舶收入一度成为政府收入的主要来源。

直至北宋开宝四年（971），宋太祖赵匡胤派兵灭南汉国，并在广州正式设立市舶司（相当于今天的海关），负责管理港口的外贸生意。市舶司的职责有很多，但其中最重要的一个任务是负责对进出口货物征收关税。通过征收关税而获得的市舶收入是一度成为北宋朝廷的重要经济来源。当时由于北方陆上丝绸之路受阻，海上丝绸之路变得尤为兴盛，广州港依然是中国最大的外贸港口，来广州贸易和朝贡的国家远超唐代。

南宋末年，由于南宋朝廷经福建逃亡至广东，导致蒙古大军南下追击，宋军与元军在广东连年交战，广州港的对外贸易陷于停顿。公元1279年崖山海战后，元朝政府正式确立在广东的统治，并很快重新设置了市舶司，广州港的海外贸易逐渐恢复，很快成为仅次于泉州的全国第二大港。至明代洪武年间，明太祖朱元璋为防沿海倭寇之患，下令开始实施海禁政策，自此之后，历经几代皇帝，海禁政策时而严厉，时而松弛，一直到明末隆庆年间，才正式废除海禁政策，逐渐迎来了相对开放的时代。

至清代康熙二十三年（1684），清政府下令废除市舶司，分别在广东、福建、浙江和江苏四省设立粤、闽、浙、江四大海关，负责管理沿海省份的对外贸易。其中粤海关的官署设在广州天字码头，外国商船一律停泊在省城东郊的黄埔港，关部行台（监督行署）则设在澳门关前街。

由于康熙年间的海禁政策相对宽松，世界各地来广州贸易的商船越来越多。粤海关管理起来捉襟见肘，于是广东地方政府于1686年张发告示招募行商，宣称只要经济实力足够，答应按年缴纳一定的费用，就能够以官商的身份包揽外贸生意。此后政府招募了一批批行商，指定他们与外商做生意，并代为征收关税。近代史上赫赫有名的广州十三行就在这样的历史背景下诞生了。

至乾隆二十二年（1757），英国东印度公司为扩大贸易范围，派遣东印度公司董事喀喇生（Samuel Harrison）和商人洪任辉[17]携带大量枪炮军火前往浙江宁波开拓新的港口贸易。洪任辉因对政府增税不满而与官员发生争执，致使闽浙总督杨应琚介入调停并最终奏报乾隆。这件事情的发生直接导致乾隆下旨关闭宁波等海关，仅保留离内地最远的广州粤海关负责对外通商，史称“一口通商”[18]。

在乾隆年间发生的这一重大历史事件，带给广州十三行以千载难逢的商机。自此之后一直到1842年《南京条约》签订，全世界的外贸商船来华贸易，全部都得停靠广州港，全中国所有的出口商品，也得先行运送至广州港，然后再从这里经十三行行商之手转销至世界各地。在一口通商的政策庇护下，广州十三行几乎垄断了全中国所有的进出口贸易达八十五年之久。有统计称，在这八十余年的黄金时代里，清政府有近五成的关税收入来自广州十三行。十三行所在的城市广州自此迎来了史上最辉煌的时代，一度成为当时世界上仅次于北京和伦敦的第三大都市。清代乾隆年间四川诗人李调元有两首《南海竹枝词》描述当时广州十三行繁华热闹的景象：

自是繁华地不同，鱼鳞万户海城中。
人家尽蓄珊瑚鸟，高挂栏杆碧玉笼。
奇珍大半出西洋，番舶归时亦置装。
新出牛郎云光缎，花边钱满十三行。[19]

正是在这八十余年的黄金时代，广东十三行中涌现出了一批外贸大亨，如潘振承、潘有度、卢文锦、伍秉鉴、叶上林等，其中最突出的就是怡和行老板兼十三行领袖伍秉鉴。伍氏家族资产多达2600万墨西哥鹰洋银元，成为当时名满天下的世界首富。

三、经商秘诀：重信讲义

伍秉鉴成为世界首富，除因赶上康乾盛世的“天时”，坐拥广州一口通商的“地利”以外，其个人重信讲义的处世和经商原则所赢取的“人和”也发挥了重要作用。

伍秉鉴的祖籍为福建晋江安海，其先祖于康熙初年移居广东南海后从事茶叶生意。至伍秉鉴的父亲伍国莹这一代，伍家才开始在广州涉足对外贸易。广州十三行成立后，伍国莹一开始在十三行总商潘振承的同文行担任账房，逐渐积累起做外贸生意所必备的经验和资金，开始独立经营元顺行，并成功跻身十三行行商之列。后来伍国莹因故把业务交给了他的第二个儿子伍秉钧打理，元顺行也由此更名为怡和行。1801年，伍秉钧不幸英年早逝，伍国莹的第三个儿子伍秉鉴正式接手怡和行。

接手怡和行后的伍秉鉴，在主持行务方面显示出高超的智力和非凡的才能，据说他特别善于处理与其他行商、官员和外商三方势力之间的复杂关系，纵横捭阖于当时的广州口岸，仅花了五年的时间就和当时独占鳌头的同文行并驾齐驱，并最终取代同文行，成为十三行的总商。

伍秉鉴在担任总商期间，有很多堪称“义气”的做法，促使其与其他行商之间保持融洽的关系。例如他会通过东印度公司担保以低于通常年利率的价格向新行商发放贷款，助其渡过难关，而且他还会利用其与外商的紧密交情关照其他行商的利益。1811年，东印度公司让他单独担任羽纱销售代理人，他答应后主动提出销售所得利润可以按规定比例分配给商会中的所有行商。当有老行商受到东印度公司处罚失掉贸易份额后，他会主动出面与公司协调助其恢复失去的贸易份额。当有经营不善的行商因破产被发配边疆时，他会四处筹款资助其路费。

在与外商开展交易的过程中，尽管伍秉鉴比其他行商的收费更高，但外商仍然更愿意与他交易，据说是由于他比其他行商更可靠，与他交易的时间和产品的质量都更加能得到保障。有一年英国公司派人上门反映和其交易的生丝质量有问题，伍秉鉴不顾正在给兄长伍秉钧举办丧事的悲痛，亲临仓库核查生丝，当他发现生丝质量确有问题后，立刻派人收回不合格生丝，并以最快的速度更换了合格生丝。

伍家在外商中的良好信誉，使得其生意越做越大。例如，伍家不光像其他行商一样与东印度公司开展普通的外贸货物交易，而且还长期以“银行家”的身份担任该公司巨额存款的保管人，甚而最终凭借其雄厚的财力通过放贷等形式成为该公司最大的债权人。从这些做法来看，伍秉鉴与历史上的晋商和徽商的商业行为有显著区别。历史上的晋商和徽商积累巨额的财富后，往往回归故里，或捐资办学，或建造精美的私家大宅，与之不同的是，拥有巨额财富的广州商人伍秉鉴在晚清就已懂得钱生钱的道理，他在当时已经跨国投资美国的铁路和矿产，涉足海外的证券交易和保险业务，因此堪称近代中国最早具有现代投资意识的商人。

后来东印度公司退出广州贸易后，伍秉鉴专门和在其支持下成立的旗昌洋行合作开展外贸生意，继续在世界各国保持良好的信誉。伍秉鉴将伍家在福建武夷山茶山出产的上等茶叶，通过旗昌洋行远销世界各地。据说在当时欧美各国所有进口中国的茶叶中，唯有带有伍家怡和行标号的箱装茶叶才能卖得上高价。

关于伍秉鉴在当时欧美各国的良好信誉，有一个在海外流传久远的故事。说的是一名波士顿商人与伍秉鉴合作一项生意，由于遭遇破产，欠了伍秉鉴7.2万美元的债务，但他无力偿还欠款，并且也无法回到美国。当伍秉鉴了解实情后，马上叫人拿出保存的期票，当着波士顿商人的面撕毁，宣告欠款一笔勾销。这个故事未必可信，但据说使伍浩官的名字在美国被口口相传达半个世纪之久。

当然，身为旧时代商人的伍秉鉴，也有不少做法不可避免地沾染旧时代的习气。例如他会利用伍家雄厚的财力通过捐输、报效等方式获取政府的保护与支持，而且还会拿出巨资捐官封荫，使得伍氏家族“合家顶戴，满门朱紫”，成为旧时代真正亦官亦商的“官商”。正是通过这些在今天堪称“不义”的办法和官府建立起来的密切关系，才使得其他行商纷纷破产之际，伍家的生意反而越来越红火。

以伍秉鉴为代表的广州十三行的黄金时代一直持续到鸦片战争爆发前夕。1839年林则徐来广东禁烟，与英国鸦片商人来往密切的伍秉鉴遭到林则徐的多次训斥，每次只能以向政府捐款了事。1840年第一次鸦片战争爆发。两年后，近代史上第一个不平等条约《南京条约》签订。十三行被勒令缴纳条约规定的巨额赔款的三分之一，单单伍秉鉴一家就承担了一百多万赔款。半年后，伍秉鉴病逝于广州河南伍氏花园，享年74岁，为近代中国以广州体制为核心的海外贸易画上颇具象征性的句号。

《南京条约》签订后，一口通商变成了五口通商，香港被割让给英国，并被开辟为自由港，逐渐取代广州成为进出口商品的集散地，加之第二次鸦片战争爆发后，一场大火降临十三行街，广州十三行往日的辉煌从此化为历史的烟云。十三行的旧址今天位于广州老城区的十三行路，以这条路为中心形成的物流商业圈，早已是广州历史最长的服装批发集散地。离十三行路不远的文化公园内，建有广州十三行博物馆，这里是今天探索广州十三行历史真正要去的地方。该馆就建在清代十三行商馆区遗址之上，馆藏文物全部由中外热心人士无偿捐赠，有许多是欧美各国收藏的清代十三行时期的外销工艺品，见证和展现了清代广州一度拥有的繁荣与活力。

注　释

1
威廉·亨特（William C. Hunter），美国商人，先后在广州、中国澳门、中国香港等地生活达四十年之久。晚年将其在中国的见闻整理为《广州番鬼录》与《旧中国杂记》出版。

2
［美］威廉·亨特著《广州番鬼录》，冯树铁译，广州：广东人民出版社，1993年，第36页。

3
明清闽粤地区对欧洲商人带入中国流通的外国银元的俗称。在当时沿海外贸交易流通使用的多国银元中，以西班牙铸造的银元流通量最大，故称“本洋”。后被墨西哥所铸“鹰洋”所取代。

4
墨西哥鹰洋银元，为墨西哥摆脱西班牙的殖民统治后自行铸造的银元，因其硬币刻有墨西哥国徽图案，故名“鹰洋”，一度在世界各地流通。墨西哥银元于1854年以后大量流入中国，一度占据中国银两市场三成份额。一个墨西哥银元约重0.72两，九成银，民间以约0.7两白银兑换一个墨西哥银元。

5
参黄启臣《伍秉鉴：清代前期世界首富》，载《岭南文史》2020年第2期，第61页。

6
出自世界银行2022年发布的统计数据，截至美国东部时间2月1日上午8点。

7
出自福布斯2023年初发布的统计数据。

8
全球富豪榜统计数据会跟着全球股价时刻变动。此处统计截至2023年2月24日。

9
［英］安格斯·麦迪森著《中国经济的长期表现：公元960—2030年》，伍晓鹰等译，上海：上海人民出版社，2016年，第38—39页。

10
［英］赫德（Robert Hart）著《这些从秦国来：中国问题论集》，叶凤美译，天津：天津古籍出版社，2005年，第40页。

11

［法］谢和耐著《中国社会文化史》，黄建华、黄迅余译，长沙：湖南教育出版社，1994年，第435页。

12

同上书，第434页。

13

同上书，第436页。

14

［清］屈大均撰《广东新语》，北京：中华书局，1985年，第427页。

15

［法］谢和耐著《中国社会文化史》，黄建华、黄迅余译，长沙：湖南教育出版社，1994年，第437页。

16

［唐］刘禹锡撰《刘禹锡全集编年校注》，陶敏、陶红雨校注，北京：中华书局，2019年，第390页。

17

洪任辉（James Flint），18世纪英国商人和外交家，曾受雇于东印度公司。早年在广州学习汉语，后长期在广州从事翻译工作，成为英国第一个中文翻译。由其引发的“洪任辉事件”直接导致清代广州一口通商政策的实行。

18

一口通商主要是指清代自1757年至1842年签订《南京条约》之前，清政府规定外国商人只允许在广州通商的对外贸易政策。其实广州在此之前已分别于明代嘉靖年间和清初康熙年间有过两次共计七十余年的一口通商的历史。

19

［清］李调元撰《粤东皇华录》，转引自陈坚红《清代中暹贸易及其活跃广东经济的作用》，载《海交史研究》1989年第1期。

第九章

汤显祖绕行海路游澳门

——读汤显祖《听香山译者》，看其《牡丹亭》为何让柳梦梅来一场澳门之旅

听香山译者（二首）

汤显祖（明代）

其一

占城十日过交栏，
十二帆飞看溜还。
握粟定留三佛国，
采香长傍九州山。

其二

花面蛮姬十五强，
蔷薇露水拂朝妆。
尽头西海新生月，
日出东林倒挂香。

汤显祖《牡丹亭》第六出《怅眺》中有旁白说："今秋任满，例于香山岙多宝寺中赛宝。"[1]第二十一出《谒遇》中有僧人出场唱道："一领破袈裟，香山岙里巴。多生多宝多菩萨，多多照证光光乍。"[2]接着有旁白说："小僧广州府香山岙多宝寺一个住持。这寺原是番鬼们建造，以便迎接收宝官员。兹有钦差苗爷任满，祭宝于多宝菩萨位前，不免迎接。"[2]

徐朔方在《牡丹亭》注解中明确指出，汤显祖在上述多处提到的"香山岙"，就是澳门。令人好奇的是，素有"东方莎士比亚"之称的戏曲家汤显祖为何要在《牡丹亭》中屡次写到澳门呢？这得从汤显祖贬谪岭南时的"澳门之旅"说起。

一、明代澳门

澳门地处广东沿海。原本是一个海边小渔村，居民最早以疍民和客家人为主。据说因其港湾水下盛产生蚝，水面"规圆如镜"，古称"蚝镜"，后因"蚝"字不雅，而改称为"濠镜"。

"濠镜"又称"濠镜澳"。澳，就是供船舶停驻的环状港湾的意思。屈大均《广东新语》称："凡番船停泊，必以海滨之湾环者为澳。澳者，舶口也。香山故有澳，名曰浪白，广百余里，诸番互市其中。嘉靖间，诸番以浪白辽远，重赌当事求濠镜为澳。"[3]

明中叶正德八年（1513），葡萄牙探险家欧华利（Jorge Alvares）抵达珠江口，首次在内伶仃岛附近的屯门[4]建立居留地。此后葡萄牙人在屯门海战中被明政府军队打败，被驱赶至珠江口外，长期与当地走私商人和海盗厮混。至明嘉靖三十二年（1553），葡萄牙人最终以借地晾晒水湿贡物为由，贿赂广东海道副使，获准在位置相对靠近内地、开展外贸交易更为方便的濠镜澳居留，自此"濠镜澳"逐渐演变为"澳门"。

"澳门"之名最早见于明嘉靖年间地方官员庞尚鹏[5]于明世宗嘉靖四十三年（1564）撰写的一份奏章《抚处濠镜澳夷疏》[6]。该奏章有载："广州南有香山县，地当濒海，由雍麦至濠镜澳，计一日之程，有山对峙如台，曰南北台，即澳门也。"[7]按照此处的说法，澳门是因其境内有南台和北台[8]二山相对耸立如门而得名。

当然，关于"澳门"之"门"的来源也有另外的说法。例如清乾隆年间澳门同知印光任和张汝霖编撰的澳门地方志书《澳门纪略》开篇有云："濠镜澳之名，著于《明史》。其曰澳门，则以澳南有四山[9]离立，海水纵横贯其中，成十字，曰十字门，故合称澳门。"[10]按照此处的说法，澳门是因濠镜澳和附近著名的十字门水域[11]合称而得名。

值得注意的是，庞尚鹏不仅在奏疏《抚处濠镜澳夷疏》中最早提到了澳门名字的由来，而且还详细描述了澳门在明嘉靖开埠初期由珠江口一座偏僻荒岛演变成雄然巨镇的过程与盛况。奏稿有载，明世宗嘉靖年间，"每年夏秋间，夷舶乘风而至，往止二三艘而止，近增至二十余艘，或倍增焉。往年俱泊浪白等澳，限隔海浪，水土甚恶，难于久驻，守澳官权令搭篷栖息，待舶出洋即撤去。近数年来，始入濠镜澳筑室，以便交易。不逾年多至数百区，今殆千区以上。日与华人相接济，岁规厚利，所获不赀，故举国而来，负老携幼，更相接踵，今筑事又不知其几许，而夷众殆万人矣”。[7]

在开埠初期，葡萄牙人一开始仅限于生活在澳门南部，后来由于来此居留交易的人数越来越多，很多还与当地粤人通婚，很快形成欧洲样式的小型社区。而后社区规模不断扩大，以至于明天启三年（1623），葡萄牙政府委派首任总督负责管理。此后的几百年内，澳门一直以东西方贸易、宗教和文化交流的桥头堡和根据地闻名于世。

值得注意的是，汤显祖被贬徐闻是在明万历十九年（1591），此时澳门开埠（1553）已38年。从庞尚鹏等人的记载来看，此时的澳门正处于葡萄牙人因“岁规厚利，所获不赀”而“负老携幼”“举国而来”的飞速发展时期。汤显祖被贬徐闻南下广东之际，特地绕道香山前往澳门一游，就是为了观察和见识当时“东方明珠”澳门的繁华与盛况。

二、贬谪缘起

汤显祖的故乡抚州临川位于赣江支流汝水的旁边，此地向北经鄱阳湖可通往明代政治中心南京，向南翻过大庾岭可直达在明代海禁期间仍然保持对外开放的广州。得天独厚的地理位置，使得临川所在的抚州城成为江浙和江西等地区的商人“走广”做买卖的必经之地。在此土生土长的汤显祖对往来故乡的“走广”商人早已习以为常，并且对于他们“走广”的目的地广州始终保有强烈的好奇和美好的想象。

少年汤显祖曾受学于宁国知府罗汝芳[12]，深受阳明心学左派思想的影响，逐渐养成了厌恶教条、反对权威、刚正不阿的个性风格。这使他在万历年间的科举考试中因不愿与其同学沈懋学[13]一同成为内阁首辅张居正之子的陪衬[14]，惹恼了张居正，以至于在张居正在位期间长期无法中进士。等张居正去世后，汤显祖才得以考取进士，去南京做了一个职务清闲的太常博士[15]，后于万历十七年（1589）升任南京礼部祀祭司主事[16]。

汤显祖于明万历十九年（1591）被贬广东徐闻。起因是他在南京任礼部祠祭司主事期间，因对朝局不满，上奏《论辅臣科臣疏》，抨击万历上位以来的政治腐败。奏疏直言时弊，申斥内阁辅臣独断专权、结党营私，科臣趋炎附势、蝇营狗苟，导致直言敢谏的忠臣惨遭贬黜，阿谀奉承的奸臣却步步高升；并指责万历即位以来，“前十年之政，张居正刚而有欲，以群私人嚣然坏之；后十年之政，时行柔而有欲，又以群私人靡然坏之”。[17]汤显祖的奏章震动了整个朝廷，首辅申时行赌气不上朝，内阁大臣许国主动要求辞官，其他被点名揭发的科臣更是风声鹤唳，人人自危。万历为了安抚群臣，下诏斥责汤显祖“假借国事，攻击元辅”，并将其贬至广东雷州半岛最南端的徐闻做典史。

被贬徐闻是汤显祖一生最大的政治挫折。自此之后他就离开了六朝金粉之地，得以游历大好河山，饱览民生疾苦，这对其后来的戏曲创作产生了深远影响。

三、赴粤路线

汤显祖在南京被贬后，先是回到故乡临川探亲小住，期间生了一场病，一直拖到九月初才启程南下，并于九月底走水路到达大庾岭。在翻越大庾岭的路途中，汤显祖写下《秋发庾岭》，表达他初次踏入岭南地界时的悲凉心境。全诗如下：

枫叶沾秋影，凉蝉隐夕晖。
梧云初暗霭，花露欲霏微。
岭色随行棹，江光满客衣。
徘徊今夜月，孤鹤正南飞。[18]

汤显祖过梅岭后，经由南雄、曲江，抵达曹溪，特地登岸拜访了六祖慧能的弘法地南华禅寺，写下《南华寺二首》。其中一首为：

和尚坐具几许阔，生龙白象粉来趋。
西天宝林只如此，上有菩提树一株。[19]

汤显祖出南华寺后，一路翻山越岭数百里，过清远，至三水，并于十月小雪前后抵达省城广州。到达广州时，正赶上外商在此举行秋季外贸商品交易会。明政府允许每年春秋两季外商可从澳门来广州举行两次外贸商品交易会，大开眼界的他赋诗盛赞广州城商贾云集的繁华景象：

临江喧万井，立地涌千艘。
气脉雄如此，由来是广州。[19]

从汤显祖在粤期间写下的诗文推断，他游览了位于广州城西的小金山[20]——老羊城八景之一的“鳌峰耸翠”[21]，探访了广州最古老的佛教寺院光孝寺[22]，并夜宿广州城东南的南海神庙[23]，为的是次日清晨观赏位居老羊城八景之首的“波罗浴日”[24]。此后又专程去东莞探望因遭母丧悲伤过度而过世的少年同窗好友祁衍曾[25]的遗孤，接着差不多花了五天的时间游览了广东道教圣地罗浮山。

在罗浮山上，汤显祖发现道教宫观所在地四处断瓦残垣，杂草丛生，早已不复往日的辉煌，不禁感叹此时来岭南的人，大多不是到合浦[26]买珍珠，就是与“贾胡”贩“毳衣”，像他这样来罗浮山“寻仙访道”的人实在是寥寥无几。

汤显祖游览完罗浮山后，并没有急着赶赴被贬目的地徐闻，也没有从原路折返广州，而是特地绕道珠江口乘船到澳门，开始了他的“澳门之旅”。

四、澳门之行

自葡萄牙人于明嘉靖三十二年（1553）获准居留以来，澳门一直是葡萄牙商船获准停泊的根据地，更是葡萄牙商人居留聚集的大本营。瑞典龙斯泰《早期澳门史》有载，自明神宗万历八年（1580）开始，根据两次不同的季风，澳门每年开放两次夷舶贸易。贸易经理人从一月份起采购运往印度及其他地方的货物，从六月份起采购运往日本的货物。每年两个月，三个月，甚至延长到四个月。[27]《利玛窦中国札记》亦有载，葡萄牙商人奠定了每年举行两次外贸集市的习惯，一次是在一月，展销从印度来的船只所携带的货物，另一次是在六月末，销售从日本运来的商品。这些市集早期在澳门举行，后来逐渐转移到省城广州市内举行。[28]汤显祖下罗浮山后特地绕道澳门，为的就是考察这座素有“广州诸泊口，最是澳门雄”[29]之称的广州外港的外贸盛况和异域风情。

更值得注意的是，汤显祖作为“中国古代著名作家中最早到过澳门的人”[30]，其澳门之行为我们留下了四首七言绝句，成为今天我们了解明代万历年间社会风情的重要史料。

这四首诗中有两首题为《听香山译者》。题中“香山”是现今中山、珠海和澳门三地的古称。《太平寰宇记》有载：“东莞县香山在县南，隔海三百里，地多神仙花卉，故曰香山。”[31]香山地区在唐代隶属东莞县，直至南宋绍兴二十二年（1152）“因盐设县”，才正式提升为香山县，县址在今珠海山场村。题中“译者”当时叫“通事”[32]，也就是今天说的翻译。“香山译者”很可能是出生或生活在香山地区通葡萄牙语的中国人，汤显祖在这两首诗中描述的澳门多元文化交融的特色和风情，多半就是从这位不知名的翻译口中听来的。

第一首《听香山译者》其一称：“占城十日过交栏，十二帆飞看溜还。握粟定留三佛国，采香长傍九州山。”[33]大意是说，听翻译说，在澳门见到的这些“贾胡”，从占城（今越南中南部）出发十日航程就可到达交栏山（今印度尼西亚加里曼丹岛西南格兰岛），他们会乘着十二帆船去遥远的溜山洋国溜达一圈后再回来，他们还会通过握粟占卜的方式决定到底是去三佛齐国（今大巽他群岛）采香，还是去九州山（今马来西亚霹雳河口的天定岛）采香。

第二首《听香山译者》其二称：“花面蛮姬十五强，蔷薇露水拂朝妆。尽头西海新生月，日出东林倒挂香。”[33]大意是说，来自花面国[34]的蛮族美女，抹上蔷薇露水[35]后的晨妆，既像西海尽头初升的明月，又似晨起东方见白时爪哇国“张尾翼而倒挂以放香”[36]的鸟儿。

第三首《香山验香所采香口号》[37]称：“不绝如丝戏海龙，大鱼春涨吐芙蓉。千金一片浑闲事，愿得为云护九重。”[38]不少人认为，这里说的“千金一片”是指鸦片，说“不绝如丝戏海龙，大鱼春涨吐芙蓉”形容的是鸦片吸食者吞云吐雾时的情景。但也有人认为“千金一片”说的不是鸦片，而是指当时澳门向宫廷特供的进口贵重香料——龙涎香。据周松芳考证，明代何乔远《名山藏·典谟记》卷二十八记载，在苏门答剌国西南巫里洋（即今马六甲海峡北端的格雷特海峡）中有一座岛屿名叫龙涎屿，因常有群龙[39]在此交相戏耍，遗留涎沫而得名。书中还说，这些涎沫分为三品，有的漂浮在水中，有的渗入沙中，有的被大鱼吞下肚去，唯有漂浮在水中的可采来入香。也有说在龙涎屿的海边生长着一种状如水芙蓉的花，此花于春夏间盛开，花落大海，大鱼就会将其吞下肚去，如若吞入此花的大鱼先前吞食过龙涎，时间久了鱼肚胀闷不已，就会昂起头向石头上吐涎沫，干了就可采来入香。明代宫廷之所以不惜重金四处搜求龙涎香，主要是因为皇帝相信这是天下第一好的媚药。显而易见比起鸦片的解释，周松芳的说法相对可信得多，也有趣得多。

第四首《香岙逢贾胡》称：“不住田园不树桑，珴珂衣锦下云樯。明珠海上传星气，白玉河边看月光。”[40]这首诗前两句描述在澳门见到的外国商人不住田园，不事农桑，戴着名贵珠宝，穿着华美衣服，扬帆出海以海上贸易为生，后两句描述的是他们的贸易活动使澳门变得富庶繁华。

总之，从上述汤显祖描写澳门的四首诗来看，澳门之行给他留下深刻的印象，也的确让他大开了眼界。不过汤显祖在澳门并没有待太久，很快他就经由江门、阳江，辗转海陵岛、涠洲岛，最后到达地处中国大陆最南端的徐闻县就职。汤显祖在徐闻待的时间也不长，很快他就被选调至江西遂昌县任职。

正是在遂昌任职期间，汤显祖通过改编宋代话本《杜丽娘慕色还魂》创作出了千古名剧《牡丹亭》。汤显祖在原话本的基础上，将其岭南之行中的种种见闻融入《牡丹亭》的情节，不仅成功塑造了岭南才子柳梦梅这一主角形象，而且还安排柳梦梅在剧中开展了一场“澳门之旅”，介绍了明代澳门独特的社会风情。尤其是《谒遇》和《怅眺》中的多处戏文和情节，的的确确是汤显祖在澳门亲身经历的写照。

“想我柳梦梅，在广州学里，也是个数一数二的秀才。”2006年12月1日至3日，白先勇青春版昆曲《牡丹亭》来广州中山大学演出，男主角柳梦梅唱腔首场刚起，中山大学礼堂里顿时全场沸腾。根据周松芳的记载，演出结束后几位评论家受邀南方报社[41]座谈，中山大学中文系的黄天骥教授对着白先勇说：“青春版《牡丹亭》到广州和中山大学演出，真是来对了，让这部戏回老家了，而且有特别的意义。”[42]白先勇表示不解，黄天骥接着说：“君不见，柳梦梅不就是广州人吗？他是我们的老乡。而且，他还专门到过珠海参观‘国际交易会’，谋取出路；这也和中大师生要到珠海校区上课，奔忙于广州、珠海两地，颇为相似。所以中大师生对《牡丹亭》，特别亲切。”[42]听罢黄天骥的“插科打诨”，白先勇顿时拊掌大笑。

注　释

1

［明］汤显祖著《牡丹亭》，蔺文锐评注，北京：中华书局，2016年，第44页。

2

同上书，第168页。

3

［清］屈大均撰《广东新语》，北京：中华书局，1985年，第36页。

4

屯门时属东莞县。屯门最早意为屯兵之门，后也又指屯田防卫的海门，被认为是中国历史文献中最早出现的香港地名，比“香港”之名要早几百年。

5

庞尚鹏，字少南，广东南海人。明嘉靖三十二年（1553）进士。历任江西乐平知县，监察御史，右佥都御史，后出任浙江、福建等省巡抚。

6

该奏疏原题名为《陈末议以保海隅万世治安疏》《区划濠镜保安海隅疏》或《抚处濠镜澳夷疏》。庞尚鹏离开广东出任浙江巡抚时，将其在广东任职期间在澳门所见写成奏章上报朝廷。该奏章被公认为澳门开埠以来第一份中文文献。奏疏内容收录于庞尚鹏著《百可亭摘稿奏议》卷一，中山大学图书馆现藏有明万历二十七年庞英山刻本。

7

李飞《〈抚处濠镜澳夷疏〉所见粤澳关系考》,《岭南文史》2013年04期。

8

南台和北台是指澳门半岛的东望洋山及西望洋山。

9

四山指氹仔小潭山、路环叠石塘山以及大横琴山和小横琴山。

10

施议对《〈澳门纪略〉及其所载诗文研究》,《国学学刊》2014年04期。

11

南宋抗元英雄张世杰曾驻兵于此。

12

罗汝芳，江西南城（今抚州南城）人，明中后期著名哲学家，泰州学派的代表人物，泰州学派王艮的三传弟子。被誉为明末清初黄宗羲等启蒙思想家的先驱。罗汝芳曾在安徽太湖县当过县令，在安徽宁国府当过知府，还在云南当过参政。

13

沈懋学字君典，明代南直隶宁国府宣城县人。万历五年（1577）殿试第一，官授翰林修撰。

14

汤显祖少年时就已盛名在外，张居正找他陪考，正是为了给自己安排儿子中取进士的腐败行径混淆视听。

15

太常博士为太常寺主掌祭祀的正七品官职。

16

祀祭司主事为礼部主掌祭祀的正六品官职。

17

刘凤泉、牟瑞平编著《中国历代名臣上皇帝书鉴赏》，济南：山东友谊出版社，1996年，第429页。

18

徐朔方《汤显祖集全编》诗文卷十一，上海：上海古籍出版社，2015年，第632页。

19

同上书，第652页。

20

小金山位于广东南海里水和顺瑶头村，山上原有一座金山古寺，现已湮没无存。汤显祖到达广州后，作《小金山同陈浔州冷提运送军府夜酌四首》，诗中有“金山不应小，浑觉润州移”“似小金山近，无多碧海遥”“赤海中流合，金山小景开”等描写小金山美景的诗句。参徐朔方《汤显祖集全编》诗文卷十一，上海：上海古籍出版社，2015年，第653页。

21

阮元《广东通志》记载，小金山“郁水周遭，洵一方山川之胜，为五羊八景之一，曰鳌峰耸翠”。参［清］阮元《（道光）广东通志》卷一百，上海：商务印书馆，1934年，第1904页。

22

汤显祖曾作《光孝寺》：“菩提岂无树，天竺有灵僧。色与波罗翠，香随檐卜凝。根芽初佛满，花叶几人能。密意经三绕，无劳问葛藤。”参徐朔方《汤显祖集全编》诗文卷十一，上海：上海古籍出版社，2015年，第669页。

23

汤显祖曾作《波罗庙》：“不到东洲驿，来朝南海王。虎门熛赤气，龙阙动朱光。铜鼓声威汉，金碑字隐唐。炎池堪浴日，今夕看扶桑。”参徐朔方《汤显祖集全编》诗文卷十一，上海：上海古籍出版社，2015年，第657页。

24

南海神庙旁有浴日亭，因此处面朝一望无际的大海，特别适合观看日出，长期被列为羊城八景之首，素称“波罗浴日”或“扶胥浴日”。

25

据民国《东莞县志》载，祁衍曾个性通脱不羁，曾在游历武夷山、白鹿洞后困于南昌，“作乞食文，汤显祖见而奇之，遂订交”。汤显祖被贬岭南时，祁衍曾因遭母丧悲伤过度而去世，汤显祖特地去到东莞安抚其子女，并作《东莞县晋黄孝子特祠碑》和《惜东莞祁生》，以抒发旧情。据周松芳考证，祁衍曾很可能是汤显祖的岭南故交中最接近《牡丹亭》主角柳梦梅原型特征的人。

26

合浦港地处今广西北海，是汉代海上丝绸之路的始发港之一，有众多汉代历史文化遗存。

27

［瑞典］龙斯泰《早期澳门史》，北京：

中华书局，1983年，第144页。

28

[意]利玛窦、[比]金尼阁著《利玛窦中国札记》，北京：中华书局，2010年，第144页。

29

[清]屈大均《翁山诗外》卷九，清康熙刻本，第45—46页。

30

王充闾《汤显祖的澳门之旅》，载《沈阳日报》2012年10月7日第A03版。

31

[宋]乐史撰《太平寰宇记》第七卷，北京：中华书局，2007年，第3019页。

32

通事，意为交际往来之事。旧时指翻译人员。庞尚鹏奏稿《抚处濠镜澳夷疏》有载，澳门"外环大海，接于牂牁，日石峡海，乃番夷市舶交易之所。往年夷人入贡，附至货物，照例抽盘，其余番商私赍货物至者，守澳官验实，申海道闻于抚按衙门，始放入澳，侯委封籍，抽其十之二乃听贸易焉。其通事多漳、泉、宁、绍及东莞、新会人为之。椎髻环耳，效番衣服声音"。此处不仅记载了明代澳门通事的职责是负责在来此抽税的市舶官员和到此经商的外国商人之间沟通往来，而且记载了他们的籍贯主要来自东南沿海"漳、泉、宁、绍及东莞、新会"等地，以及他们的言行举止、衣着打扮都效仿洋人的生活习惯。注释引文转引自李飞《〈抚处濠镜澳夷疏〉所见粤澳关系考》，《岭南文史》2013年04期。

33

[明]汤显祖《香岙逢贾胡》，徐朔方《汤显祖集全编》诗文卷十一，上海：上海古籍出版社，2015年，第673页。

34

据周松芳考证，元代汪大渊《岛夷志略》记载，苏门答腊岛上有古国，男女皆以墨刺面，故名花面，国名因之。

35

蔷薇露水并非西洋香水，而是一种南洋土产。

36

清代李调元《南越笔记》卷八有载："《鸟兽考》云，日间好焚香藏之羽翼间，夜张尾翼倒挂以放香。"北宋朱彧《萍州可谈》卷二亦有载："海南诸国有倒挂雀，尾羽备五色，状似鹦鹉，形小如雀，夜则倒悬其身。……东坡《梅》词云：'倒挂绿毛幺凤。'盖此鸟也。"

37

"香山验香所"是当时朝廷设在澳门负责检验香料质地的一个专门机构。明朝宫廷对龙涎香以及沉香、降香、海漆诸香等海外香料需求量甚大，在澳门购求香料成了一项经常性的业务。"千金一片"说明香料的贵重。

38

徐朔方《汤显祖集全编》诗文卷二十一，上海：上海古籍出版社，2015年，第1256页。

39

此处记载的"龙"很可能就是抹香鲸。

40

［明］汤显祖《香岙逢贾胡》，徐朔方《汤显祖集全编》诗文卷十一，上海：上海古籍出版社，2015年，第674页。

41

现正式名称为“南方报业传媒集团”。

42

周松芳《汤显祖的岭南行及其如何影响了〈牡丹亭〉》，广州：南方日报出版社，2016年，序一第2页。

第十章

苏曼殊狂歌走马遍天下

——读燕子龛遗诗，看岭南『诗僧』苏曼殊的传奇一生

本事诗·选三

苏曼殊（晚清民国）

其七

相怜病骨轻于蝶，
梦入罗浮万里云。
赠尔多情书一卷，
他年重检石榴裙。

其八

碧玉莫愁身世贱，
同乡仙子独销魂。
袈裟点点疑樱瓣，
半是脂痕半泪痕。

其九

春雨楼头尺八箫，
何时归看浙江潮。
芒鞋破钵无人识，
踏过樱花第几桥。

在岭南近代史上有一位名叫苏曼殊的传奇僧人，他身世孤苦凄凉，遭遇独特丰富，性格复杂多变，一生颠沛流离，35岁就英年早逝，但其生性率真浪漫多情，时常出入烟花柳巷，引发许多感情的困扰与痛苦，使自己落得一个“情僧”的身后名。

苏曼殊又是一位出名的诗僧。他聪慧灵巧，才气横溢，又精通多国语言，为后世留下许多华星秋月般的作品。苏曼殊的诗受晚唐李商隐的影响较大，大都带有哀感顽艳[1]的艺术风格。如他为了表达对一个名叫金凤的秦淮歌妓的思念，将李商隐的名句剪切拆开、拼凑组合而成一首名为《集义山句怀金凤》[2]的流丽诗作，可见李商隐对他的影响有多深。

令人深思的是，身处晚清衰乱之世的传奇僧人苏曼殊究竟具有怎样的性格性情和人生经历，促使其与晚唐诗人李商隐产生深切的共鸣呢？

一、至情至性的性格特点

关于苏曼殊的性格性情，有人评价他是佯狂玩世的民国畸人，也有人赞他是亘古未见的稀世之才，更有人将他和同时代的弘一法师李叔同和号称“八指头陀”的释敬安相提并论，将他们并称为近代史上的三大“诗僧”。

可苏曼殊与李叔同不同。李叔同前半生是花花公子，后半生为一代高僧，人称“半世风流半世僧”，可苏曼殊屡次出家又屡次还俗，一生在僧俗之间徘徊，堪称“半在红尘半空门”。简单说，李叔同一生，僧是僧，俗是俗，僧俗是分开的，可苏曼殊一生，僧不僧，俗不俗，僧俗是不分的。

而且苏曼殊与释敬安也不同。传说释敬安曾于浙江宁波阿育王寺佛舍利塔前自燃左手二指，并剜臂肉燃灯供佛，因而得名“八指头陀”[3]。单从这个响亮的名号就可看出，释敬安的信仰是何等坚贞。可在苏曼殊身上从未有过这样因佛教信仰而引发的狂热举动，相反他会因不堪忍受佛门清苦而屡次犯戒还俗，并且在还俗之后虽仍以僧人身份入世，但又未像通常的出家人那样遵守佛门戒律。

与李叔同和释敬安相比，苏曼殊身上特立独行之处，也许就在于这非僧非俗、亦僧亦俗的性格特点。

僧和俗本来是两种对立的生活方式，但却奇迹般的融合在苏曼殊一人身上，这难免让人怀疑他是真僧还是假僧。的确有不少人根据苏曼殊生前时常为情所困的事实而认定其根本就是一个花和尚，但这种看法只是触及苏曼殊性格的表层。实际上苏曼殊性格性情的矛盾和复杂，与其孤苦的身世、奇特的遭遇和漂泊的经历有关。如此一个奇人，自然有其很难看透的方面，但其生前身后之所以为那么多人所怜惜甚至仰慕，主要还在于其身上所具有的“至情和至性”[4]的性格特点。深入领会苏曼殊身上的这一性情特点，将会大大有益于我们去准确理解他那看似奇特的处世态度，乃至准确欣赏和理解他那颇具感伤情调的诗歌作品。

二、扑朔迷离的身世之恸

苏曼殊的诗不仅是其性格性情的艺术表达，而且是其独特身世的真实写照。若要真正理解苏曼殊的诗，既要懂得他那“不可无一，不可有二”[5]的性情特点，也要清楚他那颇具传奇色彩的身世经历。

关于苏曼殊的身世，学界常见说法认为，其为广东香山买办苏杰生[6]在日本横滨经商时和其日本小姨子河合若非婚所生。苏杰生于1862年始赴横滨经商[6]，起先贩卖苏杭丝织品，后转营茶叶，频繁往来于中日之间。1882年始任横滨山下町三十三番地英资万隆茶行买办[6]。河合若是苏杰生在日本就地迎娶的小妾河合仙的妹妹，她于1883年从日本乡间来到横滨苏宅帮着姐姐料理家务[6]。

另一种说法认为苏曼殊并非苏杰生亲生，而是与苏杰生私通的河合若和前夫所生。河合若的前夫早逝，她带着前夫的孩子与苏杰生相好。

按照前一种说法，苏曼殊就是中日混血，按照后一种说法，苏曼殊就是不折不扣的日本人，即俗语中常说的“拖油瓶”。

苏曼殊生前好友柳亚子早年主张后一种说法。他曾在1927年发表的《苏玄瑛新传》中称：“苏玄瑛，字子穀，小字三郎，始名宗之助，其先日本人也。王父忠郎，父宗郎，不详其姓。母河合氏。”[7]柳亚子儿子柳无忌也曾在其编撰的《苏曼殊年表》中称，苏曼殊于1884年“生于日本江户，始名宗之助。祖忠郎。父宗郎，早卒。母河合氏”。[8]

值得注意的是，柳亚子后来又发表《苏曼殊略传》，自行否定了早期认为苏曼殊双亲都是日本人的说法，提出通过与苏家后人的通信得知，苏曼殊确实为苏杰生亲生。对此，柳亚子解释说：“以前我们写《苏玄瑛新传》和《苏曼殊年谱》时，上了《潮音跋》和《断鸿零雁记》的当，曼殊为日本人宗郎的血胤，这是完全弄错的。但我想曼殊也不是有意造谣，他知道河合仙嫁给杰生以前，是嫁给过一个日本人的，而且生育过，……所以他对于自己的血统问题是十分怀疑的。由怀疑而假设便产生了《潮音跋》和《断鸿零雁记》，结果《潮音跋》也没有登载到《潮音集》上面去，他自己也不能承认这假设是确当，至于《断鸿零雁记》那是小说，自然便无所顾忌地发表了。这就是他所谓‘身世有难言之恫’的原因。”[9]自此之后谈论苏曼殊的身世，几乎没有人再说他是“拖油瓶”，大部分学者都采用柳亚子后来的说法，认定苏曼殊确实为中日混血。

按照柳亚子等人后来的说法，苏曼殊的父亲苏杰生于1884年在横滨英商万隆茶行任买办期间，与当时来家中助理家务的小姨子河合若私通，怀孕后以辞工为由移居别处。河合若生下苏曼殊三个月就因道德的压力被迫与苏杰生脱离关系。此后年幼的苏曼殊就交给了苏杰生的日本妾，同时也是苏曼殊的姨母河合仙抚养。河合仙视苏曼殊如已出，苏曼殊很长时间都不知河合仙并非其亲生母亲。

二十五年后的1909年春日，苏曼殊东渡日本养病期间，曾在赶往淀江（淀川）探望义母河合仙的途中写下一首《淀江道中口占》，抒发了自己历尽艰辛终与义母相遇时的喜悦心情。全诗如下：

孤村隐隐起微烟，处处秧歌竞插田。

赢马未须愁远道，桃花红欲上吟鞭。[10]

这首诗被认为是苏曼殊的诗歌作品中少有的色彩绚丽、欢快明丽风格的作品。并且就在这同一年秋日，苏曼殊终于在义母河合仙的帮助下，在淀江地区找到了早已改嫁海军军官的生母河合若。

苏曼殊出生前，苏杰生已有两房妻妾，正妻黄氏（时年37岁），另有大陈氏（时年17岁）为妾，均无子嗣。为传宗接代，苏杰生才在日本就地迎娶了新寡缟素、温柔贤淑的河合仙（时年36岁）为妾。

苏曼殊6岁时，由于苏杰生在日本的生意遭遇挫折，就让此前已来横滨同住的黄氏，带着苏曼殊回到广东香山沥溪（今广东省珠海市香洲区上冲检查站外的沥溪村）。六年后，苏杰生本人也和大陈氏一同返回沥溪。河合仙因与大陈氏不合，留在了日本，此生再也没有与苏杰生见面。

苏杰生和大陈氏在香山沥溪住了三年，后又同到上海经商，但两人去上海时并没有把苏曼殊带上。苏曼殊13岁时，被回乡探亲的姑母苏彩屏和姑父陈献墀带去上海与苏杰生和大陈氏同住，进入教会学校学习西文，受教于西班牙罗弼·庄湘博士。[11]

三、断鸿零燕的传奇经历

苏曼殊自6岁至13岁（1889—1896）在沥溪跟随祖父母和嫡母生活期间，由于其日本血统，在苏家有被歧视和排斥的经历。[12]

青少年时代的这段创伤经历，奠定了苏曼殊此后人生的基调。传说他12岁时生了一场大病，此时苏杰生已去上海经商，苏家人不肯给他请医诊治，就任凭他在柴房里自生自灭，可苏曼殊还是奇迹般地活了下来。大病初愈后的苏曼殊大有看破红尘之态，这时恰巧有一个和尚从家门口经过，他就跟着一路化缘，辗转到广州六榕寺剃度出家，但不久在寺院内因犯戒杀生、偷吃五香鸽肉被逐出了寺院。这就是苏曼殊短暂一生中第一次出家的经历。

被逐出寺院后的苏曼殊，回到了沥溪，被姑母带至上海与苏杰生和大陈氏同住。后来苏杰生因父生病返回沥溪，大陈氏也相继离开上海，苏曼殊就被寄养在上海姑母家。后于1898年15岁时在表哥林紫垣[13]的资助下，东渡日本求学。

到达日本后，他先在横滨当地华侨兴办的大同大学学习。入学第二年暑假期间，跟随义母河合仙逗留神奈川县逗子樱山村，与一位名叫静子（一说为菊子）的日本少女相恋。因两人相爱遭到长辈反对[14]，静子为其“蹈海而死”[15]，苏曼殊伤心欲绝，回到广州白云山蒲涧寺[16]出家。这是苏曼殊短暂一生中的第二次出家。

这一年是1899年，苏曼殊16岁。十年后，苏曼殊东渡日本休养过若松町，偶然翻开书卷看到静子的照片，有感而作《失题》，表达对静子的深切怀念。该诗如下：

斜插莲蓬美且鬈，曾教粉指印青编。

此后不知魂与梦，涉江同泛采莲船。[17]

年仅16岁的苏曼殊终因无法忍受佛门清苦，并未久留蒲涧寺，很快返回横滨，重入大同大学。在大同大学期间，因在绘画方面显露天赋，一度在该校担任美术助理。同年入梁启超举办的夜间中文班学习中文。

苏曼殊19岁时转入东京早稻田大学高等预科留学生部学习。在此期间，加入冯自由等人组织的革命团体青年会，参加孙中山先生的兴中会，结识廖仲恺、何香凝、朱执信等人。也正是在这一时期，他开始学习创作古诗文，渐渐崭露头角。

苏曼殊20岁时考入培养陆军士官的预备学校成城学校[18]。这一年沙皇俄国提出侵略中国东北的七项无理要求，苏曼殊参加留日学生革命组织拒俄义勇军。表哥林紫垣听闻苏曼殊参与革命组织的消息后大惊失色，说："使若人为革命而死，我何以对杰生？不如杜其经济，辍学遣归沥溪耳。"[19]并且说到做到，很快断绝苏曼殊的学费，逼他回广东香山老家去。

苏曼殊被迫离开成城学校，在回国途中，伪造了一封遗书写给表哥林紫垣，内附纸条"今日黄埔投江死"[20]，并有意让其告知父亲苏杰生。此举明显是想断绝和苏家的一切关系。此后，苏曼殊在上海登岸，去往苏州吴中公学社教书，后又回到上海在章士钊、陈独秀等人创办的民主革命文化报纸《国民日日报》当翻译。

值得注意的是，苏曼殊于1903年离开苏州时，将两首名为《以诗并画留别汤国顿》的诗连同一幅画赠送给吴中公学社的同事，同时也是日本留学时的好友汤国顿[21]。这两首诗被认为是苏曼殊现存最早的诗歌作品。全诗如下：

蹈海鲁连不帝秦，茫茫烟水着浮身。
国民孤愤英雄泪，洒上鲛绡赠故人。
海天龙战血玄黄，披发长歌览大荒。
易水萧萧人去也，一天明月白如霜。

细细品味这两首诗，我们发现，当民族危亡之际，少年时期的苏曼殊竟然也曾如此骁悍高迈、豪气纵横，与通常印象中哀感顽艳的风格完全不同。

苏曼殊去上海《国民日日报》任职不久，报社因故停办，苏曼殊与陈独秀、章士钊、何梅士三人租房同住，总是莫名地闷闷不乐，于是趁着陈独秀出门办事，邀请何梅士到戏馆看戏，自己却悄悄从戏院溜回住所，拿了章士钊三十元钱后，悄然离开上海。原来他偷偷跑去香港，投靠陈少白所在的中国日报社了。

在港时间久了，仍旧莫名地高兴不起来，于是苏曼殊又一次动了出家的念头，最后在陈少白的资助下，跑去广东番禺雷锋寺[22]出家受戒。这是苏曼殊一生中第三次出家。

在雷峰寺受戒后不久，再次感到精神苦闷，一天趁着师父外出化缘，偷了一位已故师兄的度牒[23]，自此便以上面的“博经”法名自称，并自命法号“曼殊”，正式以慧龙寺[24]行脚僧的身份，行走于大江南北。

此后的苏曼殊回到香港，又从香港去往上海，然后以上海为中心，辗转于杭州、苏州、长沙、南京、芜湖、安庆等地的学堂、中学和小学以教书为业，期间得早年在上海求学期间相识的西班牙老师罗弼·庄湘的资助，去到日本、暹罗、锡兰、新加坡、爪哇、印度等地云游，探访学习东南亚地区的佛教文化。

在生命的最后几年，苏曼殊云游四方，生活漂泊不定，加之其感伤的气质、无节制的生活习惯，身体日渐衰弱。尤其是苏曼殊自小有暴饮暴食的毛病，生前常被戏称为“老饕”。据说他一次能饮冰五六斤，一天能吃三袋摩尔登糖[25]，和别人打赌能一口气吃下六十个小笼包，这使其在生命的最后几年患上了要命的肠胃病，最终于1918年5月2日病逝于上海金神父路广慈医院[26]，终年35岁。

苏曼殊临终前遗言说，一切有情，都无挂碍[27]。如果说“燕子龛”是其断鸿零雁般孤苦一生的空间性象征，那么这临终遗言则是他以“情”为人生最终实在的人生态度的哲理性表达，苏曼殊的性格和诗作正是这悠久的文化传统在近现代的一次闪现。

苏曼殊过世后，其灵柩于1918年5月4日被送到上海广肇山庄[28]浮厝，直到1924年6月9日才由南社社友[29]筹资将灵柩移往西湖孤山北麓、西泠桥南堍安葬。这苏轼诗中“山色空濛”“水光潋滟”的景色，据说曾是苏曼殊生前最喜爱的。[30]

柳亚子后来回国居留上海期间，曾特意赴西湖悼念亡友，写下《九月三十日西湖谒曼殊墓有作》，云：“孤山一塔汝长眠。怜我蓬瀛往复旋。红叶樱花都负了，白苹桂子故依然。逋亡东海思前度，凭吊西泠又此缘。安得华严能涌现，一龛香火礼狂禅。”[31]并自注：“陈巢南议建燕子龛于君墓塔之旁，以金尽苦未果也。”苏曼殊一生四海为家，行踪不定，“燕子龛”这个名称，既是其漂泊无定的住所的自名，同时也是对其独特身世、生平际遇、深邃思想和创作特点的绝佳概括。

四、哀感顽艳的诗歌风格

苏曼殊颠沛流离的一生落得诸如“异僧”“狂僧”“糖僧”“情僧”“画僧”“革命僧”等诸多生前身后名，不同的名号分别代表其生命的一个面向，但唯有“诗僧”这个称号最为综合。苏曼殊的诗是其才气和性情的集中体现，若要真正理解苏曼殊，就不得不去读他的诗。

苏曼殊于1909年上半年东渡日本养病期间，曾写下一组名为《柬金凤兼示刘三》（二首）的诗，赠给与好友刘三共同结交过的秦淮歌妓金凤。全诗如下：

其一

玉砌孤行夜有声，美人泪眼尚分明。

莫愁此夕情何限，指点荒烟锁石城。

其二

生天成佛我何能，幽梦无凭恨不胜。

多谢刘三[32]问消息，尚留微命作诗僧。

在这两首诗中，苏曼殊不仅向金凤和刘三诉说自己禁不住多情但又不得不绝情的矛盾心境，而且还在其中直接道出了自己“诗僧”的身份。很明显“诗僧”这个称号，对于苏曼殊具有特殊的意义，这是苏曼殊自己给予自己的身份认定。

值得注意的是，苏曼殊自1889年6岁随嫡母黄氏移居广东香山沥溪，直至1909年，整整二十年曾频繁往来于中日之间。在这些往来日本的经历中，1909年这一年尤为重要。这一年苏曼殊26岁，正值人生的盛年。苏曼殊现存最具代表性的诗歌作品大都是在这一年东渡日本休养期间写成的。

例如著名的《本事诗》（十首）[33]就是苏曼殊这一年写给日本东京猿乐町艺伎百助枫子的。这十首诗在后世传播非常广，受到的评价也相当高。有人说其“风华靡丽”[34]，有人说其“哀怨楚恻”[35]，还有人说其“不著迹相，御风泠然”。[36]第八首中的“袈裟点点疑樱瓣，半是脂痕半泪痕”这两句是苏曼殊本人最得意的诗句，他曾将其刻成印章保存[37]。而第九首《春雨》更是清艳明隽，如入化境，浑然天成地表达了其对生命短暂无常但自身却飘零不知归处的感伤与迷茫。熊润桐曾在《苏曼殊及其燕子龛诗》中高度评价这首诗，他说苏曼殊“这首诗只寥寥二十八个字，已经把他自家的一生也完全笼罩起来了，好像望远镜一样，那块镜片虽然一寸大左右，但从它里面一望，却有无限江山，耐人观赏”。[38]

又如苏曼殊著名的《过若松町有感示仲兄》与《本事诗》（十首）创作于同一时期。全诗如下：

契阔死生君莫问，行云流水一孤僧。

无端狂笑无端哭，纵有欢肠已似冰。[39]

这首诗较为鲜明地表现了苏曼殊率真浪漫、放荡不羁的性情特点，以及孤苦伶仃、凄惨悲凉的身世感受。值得注意的是，苏曼殊的这种状态一直伴随他生命的全过程。

总体而言，苏曼殊诗歌的整体艺术风格较多地受到晚唐诗人李商隐的影响。除篇首提到的《集义山句怀金凤》以外，苏曼殊还有不少诗歌直接就是从李商隐的诗句转化过来的。例如苏曼殊《东居杂诗》（十九首）中“碧阑干外夜沉沉，斜倚云屏烛影深”，明显是从李商隐《嫦娥》“云母屏风烛影深，长河渐落晓星沉”转化而来的。再如苏曼殊的《无题》（八首），其中有：“星裁环珮月裁珰，一夜秋寒掩洞房，莫道横塘风露冷，残荷犹自盖鸳鸯。”此诗的意境也被认为是转化自李商隐《宿骆氏亭寄怀崔雍崔衮》一诗：“竹坞无尘水槛清，相思迢递隔重城。秋阴不散霜飞晚，留得枯荷听雨声。”此外李商隐作品中常见的如古代神话中的嫦娥、天上掌管音乐的素女、道教神话中的麻姑等带有浪漫色彩的女性形象也频频出现在苏曼殊的作品中。总之，苏曼殊的诗词作品在总体风格上大多意境浪漫凄美，具有色调明艳动人等艺术特点，这在很大程度上是受到了李商隐的影响。

而苏曼殊之所以会在晚唐诗人李商隐身上找到共鸣，也许与他们二人性情和经历上的相似有关。深入对比就会发现两人的人生经历确实存在不少相似之处。

一是两人都心怀出世修禅之心。李商隐既出仕为官又笃信佛教，时常为逃避人世的纷乱而入山叩寺访僧。妻子王氏过世后，信佛更甚，他不仅拜高僧为师，而且还为佛经刻石，希冀在佛法中得到解脱，并通过这种方式反省为情所困的痴傻。与之类似，苏曼殊一生为感情所困扰，为了寻求解脱曾三度出家修行，一生在红尘与空门之间徘徊。

二是两人都具有极为丰富的爱情体验。根据苏雪林等人的考证，和李商隐有过情感纠葛的女子至少有五名，分别为柳枝、宋华阳、锦瑟、荷花和王氏。而苏曼殊也是天生的多情种，一生曾对雪鸿、静子、金凤、百助枫子等多位女子产生感情。

三是两人都曾卷入衰乱之世的政治斗争。李商隐一生纠葛于晚唐复杂的政治斗争[40]，而苏曼殊也因在晚清一度积极参加激进的民主革命活动，而落得“革命僧”的身后名。

也许正是这些相似的身世经历使得两人之间产生诗意的共鸣。苏曼殊能够继承李商隐哀感顽艳的诗歌风格，必定与此有关。

五、众说纷纭的艺术成就

关于苏曼殊的诗歌成就，后世的评论很多。但纵观所有这些评论，赞扬的只是单纯地赞扬，责备的只管一味地责备，真正能做到客观持中的并不多见。

例如评论家谢冕的评价就属于前者。他认为苏曼殊堪称20世纪最伟大的旧体诗人。他说："（苏曼殊）可称之为本世纪中国诗画上一个有力的充满期待的冒号的诗人。而且纵观整个20世纪，用旧体写诗的所有的人其成绩没有一个堪与这位英年早逝的诗人相比。……苏曼殊无疑是中国诗史上最后一位把旧体诗做到极致的诗人，他是古典诗一座最后的山峰。"[41]"最后的山峰"这一论断，大概是目前苏曼殊受到的最高评价。

此外钱锺书先生在《围城》中借董斜川之口对苏曼殊诗的评论就属于后者。在《围城》中，董斜川、方鸿渐和苏文纨三人一起聊起了古诗词，董斜川对着方鸿渐和苏文纨说："东洋留学生捧苏曼殊，西洋留学生捧黄公度。留学生不知道苏东坡、黄山谷，心目间只有这一对苏黄。"[42]但他说苏曼殊的诗只不过是当时普通留学生所能欣赏的"二毛子诗"[43]，他甚至还说，黄公度的诗比苏曼殊的诗还要好些，因为他嫌"苏曼殊诗里的日本味儿，浓得就像日本女人头发上的油气"。[44]如果仅仅因为苏曼殊诗中带有浓浓的东洋习气，就从根本上否定其艺术价值，这未免有些狭隘和偏激。

在所有这些评论中，现代作家郁达夫的评价颇能切中肯綮，他说："其实苏曼殊的名氏，在中国的文学史上，早已是不朽的了。……笼统讲起来，他的译诗，比他自作的诗好，他的诗比他的画好，他的画比他的小说好，而他的浪漫气质，由这一种浪漫气质而来的行动风度，比他的一切都要好。”[45]在郁达夫看来，苏曼殊虽是一位充满灵性的才子，但绝对算不上大才。苏曼殊的诗虽不乏拜伦式的浪漫气质，但终究缺少独创性和雄伟气[45]。也许苏曼殊的难能可贵之处就在于他能融会贯通，擅于吸收众家之长。他的诗很多都是受前人作品的影响而创造性转化出来的，但是他的天才在于他能做到浑然天成，很多作品甚至还能大大超越前人的艺术水准。

总而言之，苏曼殊至情至性、复杂多变的性格特点，孤苦伶仃、凄凉悲惨的身世遭遇，为情所困乃至颠沛流离的生活经历，以及由之产生的风华绝代的诗歌作品，都给我们留下极为深刻的印象。

岁月悠悠，苏曼殊转眼离世已过百年，现在已经很少有人知道他了，包括其祖籍所在地的广东珠海，知道这个名字的人也是微乎其微，但无论怎样，我们还是应该让更多的人知道他，知道在上个世纪初的广东，曾经出现过一位性情如此奇特、身世如此悲惨，而才情又如此秀逸的“诗僧”。

注　释

1
一般指哀怨、感伤、古拙、绮丽四种古典诗歌艺术风格。

2
《集义山句怀金凤》全诗为：“收将凤纸写相思，莫道人间总不知。今日伤心人不见，莫愁还自有愁时。”苏曼殊著《苏曼殊集》，载么恝主编《佛门三子文集》，北京：东方出版社，2008年，第200页。

3

王充闾著《诗性智慧：古代哲理诗选释》，沈阳：万卷出版公司，2016年，第305页。

4

柳亚子编《苏曼殊全集》(一)，北京：当代中国出版社，2007年，出版说明第1页。

5

艾治平著《历代绝句精华鉴赏》，长沙：湖南文艺出版社，1987年，第638页。

6

关于苏杰生的生卒年、赴横滨经商、任英商买办以及河合若来苏家助理家务的确切年份，参马以君《苏曼殊年谱》(一)，《佛山师专学报》1985年02期。

7

柳亚子编《苏曼殊全集》(一)，北京：当代中国出版社，2007年，第1页。

8

同上书，第6页。

9

柳亚子《苏曼殊略传》(上)，《时事新报》(上海)1932年11月29日14版，引文书名号标点有修改。

10

柳亚子编《苏曼殊全集》(一)，北京：当代中国出版社，2007年，第29页。

11

关于苏曼殊被表姑带往上海生活和学习的时间和详情，参马以君《苏曼殊年谱》(一)，《佛山师专学报》1985年02期。

12

马以君《苏曼殊年谱》(一)，《佛山师专学报》1985年02期。

13

林紫垣为苏曼殊祖母的侄孙。关于苏曼殊随其赴日留学确切时间，参马以君《苏曼殊年谱》(一)，《佛山师专学报》1985年02期。

14

静子(一说为菊子)是苏曼殊的姨表姐，幼时两小无猜，长大后非曼殊不嫁。

15

也有说是因苏曼殊长期行踪不定，婚事一拖再拖，导致静子郁郁而终。

16

蒲涧寺位于宋代羊城八景“蒲涧帘泉”所在地，民国期间已湮没不存。据马以君考证，疑为苏曼殊先到广州海珠区的海幢寺出家，后因犯戒转到蒲涧寺。参马以君《苏曼殊年谱》(二)，《佛山师专学报》1986年01期。

17

柳亚子编《苏曼殊全集》(一)，北京：当代中国出版社，2007年，第32页。

18

1885年设立于日本东京，学生多为来日投考军事学校的中国青年。

19

柳亚子《苏玄瑛正传》，《珊瑚》1932年第一卷第12期，第3页。

20

马以君《苏曼殊年谱》(二)，《佛山师专学报》1986年01期。

21
广东番禺人，康有为弟子，苏曼殊吴中公学社时的同事和好友，辛亥革命时任中国银行总裁。1916年被军阀龙济光刺杀。参郭延礼著《近代六十家诗选》，济南：山东文艺出版社，1987年，第642页。

22
又名海云寺，原址位于今广州市番禺区南村镇雷峰山，始建于南汉，于20世纪40年代战乱中被毁。

23
政府颁发的出家人身份证明，上面会注明僧尼的本籍、俗名、年龄、所属寺院、师名等信息。

24
慧龙寺原名月华寺，始建于唐代元和年间，唐宪宗赐“月华寺”匾额，为南粤名寺之一。该寺于20世纪60年代被毁，但其遗址有丰富遗物留存至今。苏曼殊在雷峰寺出家时拿到的已故师兄的度牒上记录的受戒寺院是慧龙寺。

25
民国时期上海流行的经典甜点，源自法国南部和意大利北部。

26
现为上海交通大学医学院附属瑞金医院。

27
苏曼殊著《苏曼殊集》，载忞挈主编《佛门三子文集》，北京：东方出版社，2008年，第275页。

28
广东同乡会在上海购买建立的一块专为广东人客死他乡后下葬的墓地。

29
苏曼殊于1912年民国元年正式入南社。

30
关于苏曼殊灵柩被送往广肇山庄浮厝的确切时间和被移往杭州的确切时间，参张国安著《红尘孤旅苏曼殊》，上海：上海书店出版社，1999年，第230—231页。

31
柳亚子编订《苏曼殊全集》，哈尔滨：哈尔滨出版社，2011年，第443页。

32
刘三，上海人，苏曼殊在日本成城学校读书时的同窗好友，曾以秘密收葬革命家邹容的遗体而著名，与苏曼殊交往甚密。

33
本事诗是指基于事实根据，缘情而述事的诗。苏曼殊于1909年在东京猿乐町的一个演奏会上与艺伎百助枫子邂逅，自此将其引为知音，且日久生情。《本事诗》（十首）描写他们“相亲相怨、相惜相怜”的诸多情景和过程，包括百助要求以身相许。苏曼殊因僧人的身份而无法接受百助的感情，但仍然痛彻心扉、伤心不已。

34
郑逸梅《题曼殊上人本事诗九章后》，柳亚子编订《苏曼殊全集》，哈尔滨：哈尔滨出版社，2011年，第281页。

35

熊润桐《苏曼殊及其燕子龛诗》，柳亚子编订《苏曼殊全集》，哈尔滨：哈尔滨出版社，2011年，第312页。

36

钱仲联《清诗纪事》，南京：凤凰出版社，2004年，第3786页。

37

苏曼殊《苏曼殊诗集》，邵盈午注，北京：北京十月文艺出版社，2013年，第45页。

38

熊润桐《苏曼殊及其燕子龛诗》，柳亚子编订《苏曼殊全集》，哈尔滨：哈尔滨出版社，2011年，第311页。

39

柳亚子编《苏曼殊全集》(一)，北京：当代中国出版社，2007年，第31页。

40

李商隐因认识令狐楚得以进入士大夫阶层，同时也卷入晚唐牛李党争的政治旋涡。

41

苏曼殊著《苏曼殊集》，载恣惁主编《佛门三子文集》，北京：东方出版社，2008年，第186页。

42

钱锺书《围城》，北京：三联书店，2002年，第100—101页。

43

同上书，第100页。

44

同上书，第101页。

45

郁达夫《杂评曼殊的作品》，柳亚子编订《苏曼殊全集》，哈尔滨：哈尔滨出版社，2011年，第392页。

第十一章

江孔殷太史蛇羹宴宾朋

——读胡晋之《广州竹枝词》，看河南江太史如何以一碗蛇羹誉满天下

广州竹枝词

胡子晋（晚清民国）

烹蛇宴客客如云，
豪气纵横自不群。
游侠好投江太史，
河南今有孟尝君。

一谈起竹枝词[1]，首先会想到刘禹锡的那首朗朗上口的名作：

杨柳青青江水平，闻郎江上唱歌声。

东边日出西边雨，道是无晴却有晴。[2]

刘禹锡被贬夔州任刺史期间（822—824）曾根据当地民歌的调子创作出多首竹枝词，为竹枝词从民间歌谣演变成诗歌体裁作出重要贡献。此后历代诗人在其基础上创作出难以数计的竹枝词。

而在所有这些作品中，除了少部分是吟唱男女之间的情感以外，其他大多数都是吟咏地方上的风土习尚，这使得后者有不少带有浓浓的乡土气息。文章开头所录的这首诗，单从题名就可看出这是属于后一种题材的竹枝词。

这首诗的作者名叫胡子晋，号哮公，别号椎铁、骏男。广东南海人。曾在20世纪20年代旅居辽宁大连经营实业。胡子晋在大连期间，联络组建著名的进步诗社嘤鸣社。该诗社存在时间达九年之久，编辑出版了社友诗集《嘤鸣社诗钞》。嘤鸣社的社友不仅在诗社运行期间新作不断，而且在诗社解散后很长时间仍散居全国各地发挥影响力。胡子晋自1921年春至1922年秋任嘤鸣社社长，1929年秋病逝于辽宁营口，终年52岁。他生前创作了大量的诗作，可惜流传至今的并不多。

下面我们来细读胡子晋的这首《广州竹枝词》[3]。为便于解读，我们以倒序来品读这首诗。

一、河南今有孟尝君

该诗末句提到的孟尝君[4]，又名田文，是战国时期齐国临淄人，因受其父靖郭君田婴赏识主持家务，其间以广罗宾客闻名于世，门下食客一度达数千人之多。史载孟尝君招揽宾客，不设门槛，来者不拒，无论贫富贵贱，不少亡命之徒乃至鸡鸣狗盗之辈，都招来府上以宾客相待。孟尝君因门下宾客众多，在当时战国诸侯中名声很大，先后担任过秦国、齐国和魏国的宰相，尤其是在齐国任相期间权倾朝野，名声一度盖过当时的齐湣王。胡子晋在诗中末句将江太史[5]比作孟尝君，他想表达的是，江太史和战国时期齐国的孟尝君一样，豪气纵横，乐于结交来自五湖四海的宾客。

末句提到的“河南”，一直是广州人对珠江以南地区的称呼。正如上海人将黄浦江以西称作“浦西”，将黄浦江以东称作“浦东”一样，广州人将珠江以北称作“河北”，而将珠江以南称作“河南”。可问题是，既然广州人称呼珠江为“江”，而不是“河”，为何又要称呼广州珠江以南为“河南”，而不是“江南”呢？关于这个问题，屈大均《广东新语》有载：

> 广州南岸有大洲，周迴五六十里，江水四环，名河南。人以为在珠江之南，故曰河南，非也。汉章帝时，南海有杨孚者，举贤良，对策上第，拜议郎。其家在珠江南，常移洛阳松栢种宅前。隆冬蜚雪盈树，人皆异之，因目其所居曰河南。河南之得名，自孚始。岭南天暖无雪，而孚之松栢独有雪，气之所召，无间远迩。雪其为松栢来耶？为孚来耶？[6]

根据屈大均上述记载，广州人称呼广州珠江南岸为“河南”，并不是由于这里地处广州南岸，而是与东汉时期的广州人杨孚[7]有关。杨孚老家在广州珠江南岸四面环水的大洲上，晚年从京城洛阳把松树带回老家宅前栽种。一到三九隆冬季节，岭南地区其他地方冬暖无雪，唯独杨孚宅前的几棵松树上飞雪满枝。广州人对此感到诧异，琢磨着究竟是杨孚，还是杨宅前的松柏，将京师所在地“河南”的冰雪之气“召唤”到广州来了，于是渐渐就称呼杨宅所在的广州南岸为“河南”，而杨孚本人在历史上也常被尊称为“南雪先生”。

晚唐隐士诗人许浑有诗：“河畔雪飞杨子宅，海边花发粤王台。”[8]许浑是晚唐最具影响力的诗人之一，有他写诗赞颂，可见杨子宅在唐代已是很有名了。屈大均也有诗：“能将北雪为南雪，为有苍苍自洛来。松柏至今虽已尽，花田尝见雪花开。”[9]

由此可见，广州人称呼今日广州南岸的海珠区为“河南”，与北方中原地区河南省的“河南”还是有直接联系的。

综合来看，胡子晋这首竹枝词末句的意思是：广州珠江南岸的河南，如今出了一位像战国时期的孟尝君那样乐于网罗五湖四海宾客的江太史。

二、游侠好投江太史

再看倒数第二句“游侠好投江太史”。此句说到的江太史，也是末句被之比作孟尝君的人，究竟什么来历？

江太史，本名江孔殷，祖籍广东南海，祖上为大上海号称

"江百万"的茶叶富商，晚年回归原籍南海居住。江孔殷少年时入康有为在广州创办的万木草堂，学习维新变法思想，并于清光绪二十一年（1895）参加康有为、梁启超发起的公车上书。少年江孔殷文才出众，与刘学询、蔡乃煌、钟荣光并称晚清广东文坛"四大金刚"。

光绪三十年（1904），已至不惑之年的江孔殷参加了晚清政府举行的最后一届科举殿试，考取二甲进士，入翰林院，任庶吉士[10]，成为翰林。

有人可能会问：江孔殷为何被称呼为"江太史"呢？太史本是起源于西周的一种官职，主要负责编撰史书、掌管国家典籍、天文历法等事务。自秦汉至唐宋，太史所属机构名称屡经变更，至元代正式更名为太史院。明清两朝，太史院的功能一分为二，天文历法归钦天监，修国史的职责则归翰林院，由此明清时期有俗称翰林为太史的习惯。江孔殷因考取进士入选翰林，所以其生前身后常被称为"江太史"。

江孔殷在翰林院待的时间不长，很快就被清政府外放到广东任道台，同时候补广东水师提督，此外还兼任两广清乡督办，负责协助清廷清剿两广地区的土匪、盗匪等地方黑恶势力，在晚清时期的广州是个举足轻重的政治人物。

江孔殷一回到广东，便以雷霆之势对付土匪恶霸，下令搜捕顺德黑社会组织三合会[11]首领，并很快获得当地三合会的会友名册。江孔殷根据名册拿人，大开杀戒，单就大良[12]一地就杀人无数。史载江孔殷当时在顺德设立两地为刑场，"每日杀十余人者有之，三几十人者有之，无日间歇，甚至有一日杀了两次，朝杀三十六人，夕杀七十二人，这天共杀了一百零八人，真是尸横原野，血流成渠，整个大良城充满阴惨景象”。[13]

江孔殷在广东以清乡督办的身份负责剿匪期间，做过的影响最深远的一件事，就是引荐长期在南海、番禺一带横行霸道的绿林土匪李福林加入同盟会，成功说服并支持其密赴越南投靠了正在越南开展镇南关起义的孙中山，支持同盟会的早期革命活动。[14]

总之，江孔殷的剿匪活动使其名声大振，引得广东地方上的“游侠”之士纷纷前来拜访投靠。胡子晋在文首竹枝词中说“游侠好投江太史”，单单一个“好”字，就绝妙地道出了这位江太史在当时广东地方三山五岳、黑白两道中，具有何等巨大的号召力。

三、豪气纵横自不群

江孔殷虽做过清末翰林，但本人不但从未以清廷遗老自居，思想上反而显得非常开放和激进。这也许与他少年时曾在康有为的万木草堂接受过新式启蒙教育有关。

江孔殷为人侠义豪爽。1911年4月孙中山、黄兴等人在广州黄花岗发动起义过后，时人因惧怕清廷报复，牺牲烈士的遗体陈尸街头，无以安葬，最后是有人求助于江孔殷，由他出面担保风险，协助死里逃生的革命党人潘达微以自家房屋作为抵押在广州市东北郊黄花岗购得一块荒地用以收葬，七十二烈士遗体才得以入土为安。[15]为此，孙中山、宋庆龄后来曾亲临江孔殷府上致谢。

1911年武昌起义胜利后，全国十五省纷纷宣布脱离清政府的统治，其中广东宣布独立时，两广总督张鸣岐等人准备负隅顽抗，最后也是江孔殷等人软硬兼施，张鸣岐等人才被迫表态愿意脱离与清政府的关系。

从这两件事上足以看出，江孔殷身上的确具有常人无可比拟的胆识与魄力。胡子晋竹枝词倒数第三句“豪气纵横自不群”，实在是有感而发。

辛亥革命后，江孔殷与时俱进，弃政从商，长期担任香港英美烟草公司的买办，凭借其在革命前积聚起来的雄厚的人脉关系，生意做得风生水起。这使得江家仍然可以延续革命前从政时大富之家的讲究与气派。

江太史在生活中最讲究的还是美食。他不但会亲自设计和发明新的菜式，而且还在广州东郊外的萝岗创建名为“江兰斋”[16]的千亩农场，在里面种植萝岗橙、萝岗梅和改良荔枝，养殖橙花蜜蜂[17]，还发现了荔枝树下的珍贵食材荔枝菌[18]。江兰斋农场的新鲜食材，被源源不断地运送至广州河南江家私宅，如此专属的食材供应条件，不是每个讲究美食的富贵之家都能够享有的。

江太史讲究美食，不仅是为了自己和家人享用，而且更主要是为了交朋结友。为此，他把自己私宅里的宴会厅装饰得古色古香、精致典雅，让来自五湖四海、三教九流的宾客，在此推杯换盏，把酒言欢。素来豪爽喜客的江孔殷一度在此招待四方宾朋，致使一时间“贵介王孙，达官显要，中西使节，落难英雄，甚或三山五岳人马，无不以一登太史席上为荣”。[19]

江孔殷的私宅在广州河南同德里太史第。明清时期因有俗称翰林学士为“太史”的习惯，翰林学士的故宅很自然也就被称为“太史第”[20]。同德里太史第一度宾客云集，不仅有罗瘿公、李凤建、陈树人、黄节、潘飞声、邓尔雅、冼玉清等文人雅士，以及京剧表演艺术大师梅兰芳、素有“粤剧伶王”之称的薛觉先，而且包括民国政府的各类公职人员，甚至还有如孙中山、宋庆龄、廖仲恺、胡汉民、蒋介石这样的政界名流。可想而知当时的太史第是多么地热闹与辉煌。

四、烹蛇宴客客如云

胡子晋竹枝词首句为：“烹蛇宴客客如云。”这句诗主要向我们透露出两个信息。其一是江太史在太史第把蛇做成美食款待宾客，其二是太史第接待五湖四海的宾客多得如同天边的云彩。后半部分描绘的是太史第曾经的热闹与辉煌，而前半部分讲述的是江太史家最具盛名的美食——蛇羹。

广东人吃蛇的历史源远流长。早在西汉时期，淮南王刘安就在《淮南子·精神训》中提道：“越人得髯（rán）蛇，以为上肴，中国得而弃之无用。”[21]这说的是南方百越族人抓到蟒蛇，往往把它做成上等的美味佳肴，而中原人抓到则丢弃不用。这表明，早在西汉时期，南北饮食习俗就已经有相当大的不同了。到了东汉时期，杨孚在《南裔异物志》的赞文里首次以韵文诗歌的形式描述了岭南先祖捕蛇吃蛇的习俗：

髯惟大蛇，既洪且长；
采色驳荦，其文锦章。
食豕吞鹿，腴成养创。
宾享嘉宴，是豆是觞。[22]

北魏郦道元《水经注》卷三十七对这段诗歌内容背景作了很好的解释：

（交趾）山多大蛇，名曰髯蛇，长十丈，围七八尺，常在树上伺鹿兽。鹿兽过，便低头绕之，有顷，鹿死，先濡令湿，便吞，头角骨皆钻皮出。山夷始见蛇不动时，便以大竹籤（同“签”）籤蛇头至尾，杀而食之，以为珍异。故杨氏《南裔异物志》曰：髯惟大蛇，既洪且长。采色驳荦（luò），其文锦章。食豕（shǐ）吞鹿，腴成养创。宾享嘉宴，是豆是觞。言其养创之时，肪腴甚肥。搏之，以妇人衣投之，则蟠而不起走，便可得也。

郦道元在解释中给我们讲述了一个南方土著捕蛇吃蛇的故事：

南方地区有大蟒蛇，经常一动不动地守候在大树上，一旦树下有鹿经过，便低头把鹿给死死缠住不放，不一会，鹿被勒到窒息而死，蟒蛇便吐气把鹿的身体弄湿，然后再把整条鹿囫囵吞到肚子里去。可蟒蛇的肚子难以消化坚硬的鹿角，肚皮竟被吞下去的鹿角给硬生生撑破了。蟒蛇因受伤而无法动弹，当地土著就趁机用锐利的大竹签自蛇头至蛇尾把蟒蛇牢牢地固定在地上，然后把蟒蛇杀了，做成珍贵稀奇的美味佳肴享用。

结合郦道元的背景解说，我们不妨把杨孚的诗歌译成现代语言：

南方有大蟒蛇，其色彩间杂斑驳，其斑纹鲜艳华美。大蟒蛇吞下体型粗壮的山猪，身体动弹不得，变得膘肥体壮，或者吞下有角的鹿，肚皮被撑破，只得静静养创。当地土著看着蟒蛇无法动弹，就趁机用锐利的大竹签自蛇头至蛇尾把蛇固定在地上，杀了做成美味酒馔，拿来招待宾客。

郦道元对杨孚诗歌的解说中有一点值得注意，那就是他强调杨诗的主旨是言说养创之时的大蟒蛇脂肪肥美。郦道元的这个说法，为我们理解广东人吃蛇习俗的缘起，透露出一个重要的信息，即南方先民在恶劣的原始生存条件下，无法像中原人那样通过吃猪马牛羊等家养动物来获取身体所必需的脂肪和蛋白质，于是像大蟒蛇这样时常出没于南方山野里的生猛野味，自然就成为他们获取脂肪和蛋白质的重要来源。这或许正是广东人为何会形成吃蛇习俗乃至于代代相传至今的一个重要原因。

自两汉至唐宋，广东人吃蛇的习俗不仅一直保留了下来，而且吃法越来越讲究。据北宋朱彧（yù）《萍洲可谈》记载：

广南食蛇，市中鬻蛇羹，东坡妾朝云随谪惠州，尝遣老兵买食之，意谓海鲜，问其名，乃蛇也，哇之，病数月，竟死。[23]

这段笔记的大意是说，苏东坡的小妾朝云跟随苏东坡被贬岭南惠州，有一次吃了老兵从市场上买回来的一碗蛇羹，吃之前老兵没说是蛇羹，只说是海鲜，等她吃下之后才告诉她是蛇羹，结果她听到吃的是蛇羹后，一连呕吐数月，最后死了。

根据这段笔记的记载，王朝云吃下去的是老兵从惠州市场上随意买来的蛇羹，这表明至少在北宋时期，把蛇做成羹，就早已是广东人吃蛇的常见吃法。

江孔殷在太史第招待宾客的菜式五花八门，由其亲自参与制定的“太史菜谱”[24]不断推陈出新，其中最负盛名的菜肴还是蛇羹。

不过他们家的蛇羹和普通的蛇羹不太一样，做法非常讲究，具体过程为：将有毒的眼镜蛇、金脚带或银脚带、五步蛇，配上无毒的过树榕、三索锦蛇的蛇肉，加入鲍鱼、鲜笋、木耳、冬菇、鸡肉等，混在一起以慢火煲成蛇汤。然后将汤中煲熟了的原材料捞起用手撕成细丝，接着又将细丝放回滤好的清汤。再用小粉勾芡成羹，吃的时候再加入香酥可口的薄脆、鲜嫩淡雅的菊花瓣，以及青翠碧绿的薄荷叶丝，一道名满天下的太史五蛇羹[25]就这样做成了。

另据曾亲入太史第厨房参观江府厨师制作蛇羹全过程的参观者回忆，具体制作方法为：先将蛇骨肉分离，再杀鸡20只，准备猪肉20斤，加入足量金华火腿，煮成厚味的上汤。待至鸡、猪、火腿味道全出之后，原肉去之不要，单留上汤烩蛇肉，再加上鲍鱼丝等配料，太史蛇羹即告完成。[26]

关于太史五蛇羹的食材准备和制作过程，北京国际饭店编著的《中国名菜图谱与营养分析》也有详细的说明[27]。按照该书记载，制作这道名贵冬令补品需要准备的原料为：熟蛇丝100克，竹生鸡丝100克，果子狸丝50克，木耳丝100克，笋丝50克，果皮丝25克，冬菇丝25克，油25克，姜丝5克，料酒14毫升，胡椒粉0.5克，味精2克，生粉2克，蚝油1克，老抽1毫升，姜肉80克，白胡椒粒10克，果皮20克，火腿304克，果子狸470克，竹生鸡420克，蛇骨500克。具体制作过程为：第一步，先将姜肉及蛇骨各种原料洗净，加水蒸3小时吊成蛇汤。取1750克备用。第二步，吊成汤后将原料取出与前述各种原料备成推羹用料。第三步，锅上火加入蛇汤，将备好的推羹用料下入，加调料勾芡即成。

当然，这里记载的只是简化改良版的做法，太史第原来的做法比这不知要讲究多少。例如这里的原料只说是蛇肉丝，可太史第原来的做法中要求必须是南方本地野生的三种毒蛇配上两种无毒蛇共五种蛇的蛇肉丝。又如在太史第的做法中，菊花是必备的佐料。菊花瓣佐料的加入，既增强了蛇羹的视觉美感，也平添了不少乡野气息。据说太史第在萝岗江兰斋农场有专人负责种植菊花，制作太史五蛇羹用的大白菊必须是在农场自家栽种的食用菊[28]。可见作为民国初年羊城首席美食家的江太史的口味是何等刁钻，对食材的讲究是何等苛刻。

关于太史五蛇羹，流传着一个著名的典故，说的是民国时期，太史第曾以蛇羹招待民国政府的众议院议员，吃之前并没说是蛇羹，吃的过程中这些外省籍的议员们也赞不绝口，吃完后江太史才开始向他们推荐蛇羹的美味，议员们一听吃的是蛇肉，立马反胃呕吐，当中还有一人赶着去医院洗胃。

太史第最热闹的时期，大概是辛亥革命至1925年期间。自此之后就一直难以恢复往日的辉煌，主要由于江孔殷任职的香港英美烟草公司因故更换了买办，江家失去了主要的经济来源，难以支撑奢华的开销，于是只能以美食家的身份为酒楼题写牌匾对联为收入的来源。例如，20世纪30年代香港的《工商日报》（1932年10月18日）曾登载了江孔殷为香港中华酒家撰写的长联：

中西珍错，南北庖厨，更搜罗粤闽徽鲁川豫烹鲜，食谱广玉局随园，钩心无两。

华夏冠裳，海滨裙屐，兼点缀花木楼阁亭台形胜，壮观迨巴黎纽约，鼎足而三。

抗日战争期间，江孔殷举家避居香港。后来日本占领香港后，江孔殷拒绝了日本人出任伪职的邀请，等抗战胜利后又举家迁回了广州，后于土改时期因地主身份被批斗至绝食而死。素有“百粤美食第一人”之称的美食家，居然就这样被活活饿死在家中。

关于江太史一生，香港《美术家》杂志副总编辑梁基永在《道从此入：清代翰林与香港》下篇第二十六章《美食传家江孔殷》中感叹说：“从晚清政坛红人，到富甲一方的商家，从风流倜傥的太史公，到隐居避世的美食家，一代名饕，竟以饥饿辞世，香港人今日记住他，却因一碗蛇羹，太史泉下有知，亦当一笑耶?”

江太史生前妻妾成群，儿女众多，他的后人中最引人瞩目的是其和六姨太所生的十三子江誉球。江誉球笔名“南海十三郎”，自幼迷恋粤剧，爱好撰写曲词。他写的曲词为当时粤剧名伶薛觉先所推崇，并对后来的著名粤剧撰曲家唐涤生产生重要影响。十三郎的侄女江端仪艺名梅绮，曾主演过包括著名的《夜上海》在内的七十多部电影，一度在香港电影界红极一时。

最后，让我们回到篇首胡子晋这首《广州竹枝词》，根据前文所述将其译成现代语言：

> 把蛇做成美味佳肴款待宾客，宾客多得如同密集的彩云，豪气盖世，自然卓尔不群。好交游的侠义之士，都来投靠江太史，广州河南如今出了一位乐于广交宾客的孟尝君。

胡子晋在这首描绘广州风土习尚的竹枝词中唱出的，不仅仅是一个智勇双全的晚清官员，精明好客的民国商人，生猛大胆的美食达人，更是一整个风起云涌的近代广州。

注释

1

竹枝词，本是起源于古代巴渝地区的民间歌谣，歌词用语平白浅显，清新自然，韵律节奏明快活泼，婉转动人，富有浓郁的生活气息。

2

［唐］刘禹锡撰《刘禹锡集》，北京：中华书局，1990年，第364页。

3

胡子晋流传至今的《广州竹枝词》作品，见雷梦水、潘超、孙忠铨、钟山编《中华竹枝词》，北京：北京古籍出版社，1997年，第2897—2919页。

4

关于孟尝君广招宾客的典故，参［汉］司马迁撰《史记》第七十五卷，［南朝宋］裴骃集解，［唐］司马贞索隐，［唐］张守节正义，北京：中华书局，1982年，第2354页。

5

江孔殷，晚清民国时期广东政治家，商人，美食家。

6

［清］屈大均撰《广东新语》，北京：中华书局，1985年，第42页。

7

杨孚，字孝元，东汉南海郡番禺下渡头村（今广州海珠区下渡路）人。汉章帝时，被选至京师洛阳，担任议郎官职，成为皇帝身边的近臣。杨孚著有《南裔异物志》，为我国第一部地区性的物产专著，而杨孚本人也被公认为广东历史上首位著书立说的人。

8

［清］屈大均撰《广东新语》，北京：中华书局，1985年，第43页。

9

同上书，第42页。

10

庶吉士，是明清两朝翰林院内的短聘职位，一般由优秀的科举进士担任，职位设立的目的是使这些新晋的进士先在翰林院内考察一段时间，之后再根据考察期间的表现，授予正式官职，与今天用人单位招聘的实习生或储备干部类似。

11

三合会起源于福建省莆田市南少林寺，以反清复明为宗旨。初传入顺德时仅在偏僻乡村秘密开展活动。

12

关于大良地名的由来有两种说法。第一种说法认为此处古称太艮，因地处太艮海峡而得名。后朝廷命官误将“太”字的一点加于“艮”字之顶而成“大良”。但学术界则认为顺德建县前的史料从未见到“太艮”和“太艮海峡”的记载，认为“大良”应为古南越民族语音的遗留，意为“黄土地”。

13

中国人民政治协商会议广东委员会文史资料研究委员会编《广东辛亥革命史料》，广州：广东人民出版社，1981年，第246页。

14

李福林后来跟在孙中山身边取得很大的发展，曾于孙中山南下护法时任亲军总司令，后曾任广州市市长兼警务处处长，国民革命军第五军军长等职。在1927年北伐战争中，该军协助第六军攻入南京，为民主革命立下大功。因其并非黄埔嫡系，蒋介石逼其交出军权，他只得被迫辞职避居香港。

15

参江献珠著《钟鸣鼎食之家：兰斋旧事与南海十三郎》，广州：广东教育出版社，2010年，第4页。

16

江孔殷平生素喜养兰花，据说他养的兰花达120种，其书斋和农场均以兰斋为名。

17

据江孔殷的孙女江献珠回忆，江兰斋产的橙花蜂蜜有一股特别的清香，由于品质佳，产量少，当时交给大新公司独家经营销售，而且在四省商品展览会得了好几个奖。参江献珠著《钟鸣鼎食之家：兰斋旧事与南海十三郎》，广州：广东教育出版社，2010年，第52页。

18

荔枝菌，素称岭南菌王，每年夏至前荔枝成熟时节才会短期出现。荔枝菌一般生长在荔枝树下潮湿的白蚁窝上，据说一般在午夜时分才会生长，是粤菜中的珍品食材。荔枝菌只是岭南地区的俗称，在别处一般称之为鸡纵，据说因其内部组织状如鸡肉，且经烹调后味道和鸡肉一样鲜美而得名。

19

江献珠著《钟鸣鼎食之家：兰斋旧事与南海十三郎》，广州：广东教育出版社，2010年，第106页。标点有改动。

20

1957年，广州市市长朱光主持北园酒家扩建计划，由著名的建筑师莫伯治负责改建设计，将新中国成立前收归国有的太史第的家私和装饰物廉价收购过来，将北苑酒家完全按照太史第原来的布局设计和重建。改革开放后，江孔殷的孙女江献珠从香港回归大陆讲学，在北园酒家宴客，当她踏入北园酒家大门，发现里面竟是幼时生活过的太史第的旧貌，禁不住当场失声痛哭。北园酒家于1938年广州沦陷后被毁。1947年在原址附近重建开业。参江献珠著《钟鸣鼎食之家：兰斋旧事与南海十三郎》，广州：广东教育出版社，2010年，前记编者按语和正文第103页。

21

［西汉］刘安等编撰《淮南子》，陈广忠译注，北京：中华书局，2012年，第375页。

22

［北魏］郦道元著《水经注校证》卷三十七，陈桥驿校证，北京：中华书局，2007年，第860—861页。

23

［宋］朱彧撰《萍洲可谈》,《全宋笔记》第26册，郑州：大象出版社，2019年，

第29页。

24

江孔殷是20世纪20年代初广州食坛首席美食家。当时羊城各大酒家争相效仿由其主持创制的“太史菜谱”中的菜式。百年后的今天，流传下来的太史菜只有太史蛇羹、太史田鸡、太史禾花雀以及颇具争议的太史豆腐。参江献珠著《钟鸣鼎食之家：兰斋旧事与南海十三郎》，广州：广东教育出版社，2010年，第9页。

25

太史五蛇羹现已在发源地广州式微，但在港澳两地则流传至今。

26

参江献珠著《钟鸣鼎食之家：兰斋旧事与南海十三郎》，广州：广东教育出版社，2010年，第117页。

27

参北京国际饭店编著《中国名菜图谱与营养分析》，北京：中国轻工业出版社，1996年，第74页。

28

据江献珠回忆，江家制作太史五蛇羹，菊花是佐料中的主角。她说：“我家终年雇用4个花王，两个专管祖父的兰花，两个种菊及料理四季盆栽。江兰斋的菊，与兰齐名，在每年广州菊展，获奖比商业性的花圃要多。蛇羹用的多是自栽的大白菊，另有一种奇菊叫‘鹤舞云霄’，状似大白菊而白中微透淡紫，是食用菊花中不可多得的精品。到园中菊花用尽了，芳村花地的‘杜耀花圃’会依时送大白菊来。”参江献珠著《钟鸣鼎食之家：兰斋旧事与南海十三郎》，广州：广东教育出版社，2010年，第72页。

第十二章

宋少帝赵昺魂断银洲湖

——读钱谦益《后秋兴》，看新会崖山何以成为追叹家国兴亡的精神遗址

后秋兴·其二

钱谦益（清代）

海角崖山一线斜，
从今也不属中华。
更无鱼腹捐躯地，
况有龙涎泛海槎。
望断关河非汉帜，
吹残日月是胡笳。
姮娥老大无归处，
独倚银轮哭桂花。

钱谦益这首诗首联提到的崖山位于广东新会银洲湖畔，这里是发源于阳江牛围岭的潭江出海口，因东岸有崖山，西岸有汤瓶山，水流中间，延伸入海，就像一扇半掩半开的大门，扼守出海水道，故名崖门。今天的银洲湖，由于历史地理的变迁，看上去更像是“河”，而不像是“湖”，但在宋代，此处本是一片极为宽阔的水面，中国历史上规模巨大的崖门海战就曾发生在这里。

可耐人寻味的是，身处明末清初的钱谦益为何要在这首《后秋兴》首联提到广东新会的崖山呢？他究竟是在怎样的历史背景下写下这首《后秋兴》的呢？这得从南宋末年发生在广东新会的崖山海战说起。

一、宋元崖山海战·南宋行朝覆灭

公元1276年，忽必烈派大军南下攻宋，先在湖北襄樊之战中大败宋军，接着挥师东进，直逼南宋都城临安（今浙江省杭州市）。南宋朝廷与元军议和不成，于是年幼的宋恭宗赵㬎只能拿出国玺和降表投降，临安陷落。此后，宋度宗的另外两个幼子赵昰和赵昺在太后和国舅的护卫下南逃，途中与陆秀夫、张世杰、陈宜中、文天祥等大臣会合，一路流亡到了福州。年幼的赵昰在福州登基称帝，是为宋端宗。

赵昰称帝后，元军紧追而来，福州最终沦陷，南宋行朝只能沿海路继续南逃至广东。在逃亡过程中，因龙船遭遇倾覆事故，年幼的宋端宗落水染疾而亡。此后宋端宗的弟弟赵昺在湛江硇洲岛[1]被拥立为帝，并在地势险要的新会银洲湖东面的崖山建立行朝据点，继续抗元。

公元1279年，元军大将张弘范率军过伶仃洋向崖山逼近，身边还带着此前被其弟弟张弘正手下王惟义生擒的南宋抗元英雄文天祥。与此同时，身为西夏党项后裔的元军大将李恒率军自江西南下攻取广州后，继续从陆路挥师南下，直逼崖山，与张弘范的海上军队联合夹击驻守崖山的南宋行朝据点。

宋军这边，本来有大臣建议先占领出海口，保留向西撤退的路线，但宋军总指挥张世杰采取了错误的战略。他下令烧毁陆上房屋，迫使军民登船作战。接着又用大绳索将宋军船只联结成“连环船”，一字排开地停守在水面上，并把宋少帝赵昺乘坐的龙船安排在正中间。元军先以小船火攻不成，接着以守代攻，派水师封锁海湾出海口，并以陆军断绝陆上饮用水源供应，使得宋军被困海湾近半月之久，直至船上士兵饥渴难忍、身心疲惫、无心应战之时，元军趁机发动猛攻。结果宋军大败，船只相继被毁，被绑中间的宋少帝龙船危在旦夕。陆秀夫眼见大势已去，怀揣玉玺背着年幼的宋少帝赵昺沉海自杀。

清人毕沅《续资治通鉴》卷第一百八十四，详细描绘了这次海战最后阶段的惨烈场面：

> 会日暮，风雨昏雾四塞，咫尺不相辨，世杰遣小舟至宋主所，欲奉宋主至其舟，谋遁去，陆秀夫恐为人所卖，或被

俘辱，执不肯赴。宋主舟大，且诸舟环结，秀夫度不得脱，乃先驱其妻、子入海，谓宋主曰：“国事至此，陛下当为国死。德祐皇帝辱已甚，陛下不可再辱！”即负宋主同溺，后宫诸臣从死者甚众。宋主时年九岁。世杰乃与苏刘义断维夺港，乘昏雾溃去，余舟尚八百，尽为弘范所得。越七日，尸浮海上者十余万人。[2]

现在看来，赵昺在崖门海战中没能成功逃脱，确实是事出有因的。一是由于张世杰采取的“连环船”战术，导致在战争最危急阶段，与其他大船捆绑在一起的赵昺的龙船无法及时挣脱逃走。二是在大臣张世杰设法安排小船来接赵昺逃走时，陆秀夫在慌乱中无法辨别接送船只的真假，又担心赵昺被敌军骗去遭受凌辱，执意不肯上船，失去了难得的逃生机会。最后在走投无路、陷入绝境的情况下，才背着宋少帝沉海自杀。张世杰率领残舰突围后，试图寻找赵氏后裔东山再起，但不久在阳江海陵岛附近水域遭遇台风，最终溺死在汪洋大海之中。

崖山海战期间已成元军俘虏的文天祥，在元军大营目睹宋军大败、国事不济的悲惨局面以后，悲恸不已，在元军大营写下长诗悼念南宋王朝的陨落：

楼船千艘下天角，两雄相遭争奋搏。
古来何代无战争，未有锋蝟交沧溟。
游兵日来复日往，相持一月为鹬蚌。
南人志欲扶昆仑，北人气欲黄河吞。
一朝天昏风雨恶，炮火雷飞箭星落。
谁雌谁雄顷刻分，流尸漂血洋水浑。

昨朝南船满崖海，今朝只有北船在。

昨夜两边桴鼓鸣，今朝船船鼾睡声。

北兵去家八千里，椎牛酾酒人人喜。

惟有孤臣雨泪垂，冥冥不敢向人啼。

六龙杳霭知何处，大海茫茫隔烟雾。

我欲借剑斩佞臣，黄金横带为何人。[3]

文天祥后来被元军押送至元大都北京，沿途多次自杀未遂，到达北京后，面对忽必烈的百般劝降，始终不为所动，终究在柴市凛然就义。文天祥在生命的终点以实际行动践行了早先过零丁洋时写下的豪言壮语——人生自古谁无死，留取丹心照汗青。

二、郑成功台湾病逝·反清复明无望

钱谦益这首《后秋兴》的创作背景与文天祥这首悼亡诗的历史背景何其相似：一个是南宋末年，一个是南明末年；一样的北部都城失守，一样的兵败退守江南；一样的福州称帝，一样的南逃广东。这一前一后，简直堪称历史的轮回。

先是公元1644年，李自成起义军攻陷北京，崇祯帝朱由检自缢身亡。随后清军入关，击败李自成，攻占北京，明朝宗室及文武大臣退守江南。不久，明神宗朱翊钧之孙福王朱由崧在南京称帝，建立南明政权，改元弘光。弱不禁风的弘光政权只存在了八个月时间，就被来势汹汹的南下清军攻破。时至不惑之年的弘光帝也被清军抓获，被押送至北京处死。

弘光政权被灭后，明郑势力创始人郑成功的父亲郑芝龙[4]和南明弘光朝任吏部侍郎和礼部尚书的黄道周等人，拥立明太祖朱元璋九世孙唐王朱聿键在福州称帝，改元隆武。这是南明政权历史上的第二位皇帝。隆武政权也没有坚持太久，就在隆武帝登基第二年，大海盗出身的郑芝龙变节降清，导致清军顺利攻下福建，隆武帝在汀州被清军擒获，绝食而亡。

福建沦陷后，隆武帝朱聿键的弟弟唐王朱聿𨮁在广州称帝，次年改元绍武。不久，明神宗朱翊钧之孙桂王朱由榔也在广东肇庆称帝，改元永历。南明历史上首次出现两帝并立、互为仇敌的局面。就在双方交战正酣之际，清军乘虚而入，以迅雷不及掩耳之势占领了广州。绍武帝自杀身亡，广州沦陷。

此后，永历政权在两广地区的根据地相继失守，永历帝朱由榔被迫辗转至贵州安龙府（今贵州安龙布依族苗族自治县）。几年后，又被大西军余部李定国护送至云南昆明。又过了几年，清军大举进攻云南，朱由榔在李定国的护送下，从昆明出发，经永昌（今云南保山县）、腾越（今云南腾冲县）出逃至缅甸。后来吴三桂带兵追至缅甸，缅甸王因惧怕清军，只得将朱由榔献与吴三桂，此后朱由榔在昆明被清军用弓弦绞死，南明政权至此彻底灭亡。

此外，隆武帝在广东肇庆称帝期间，郑成功率领其父亲郑芝龙的旧部在东南沿海乘势抗清，一度由海路包围江宁，但终被清军击退，只能退守福建沿海岛屿。郑成功后来率军从福建渡过海峡击退了荷兰东印度公司在台湾的驻军，成功收复台湾。但可惜此后不久暴病身亡，客死他乡。

钱谦益所处的康熙初年，永历帝朱由榔在昆明被吴三桂所杀，李定国病故，南明抗清力量消失殆尽，加之清廷清理通海案，下令追查顺治十六年（1659）暗中接应郑成功突袭和包围南京的明室遗民，一百多名囚犯因通海罪被判死刑，霎时间，谣言四起，人心惶惶。尤其令钱谦益难以承受的是，学生郑成功[5]在台湾病故，这意味着借助郑成功在台湾经营多年的势力反清复明的希望也化为泡影。

正是在这种复杂多变、极度窘迫的时代背景下，钱谦益写下这首《后秋兴》组诗其二。这首诗既是作者陷入绝望时的沉痛心境的写照，也是作者对其跌宕起伏的悲剧人生的哀叹。

三、文本细读·钱谦益两姓事君王

让我们来细读钱谦益这首《后秋兴》。首联“海角崖山一线斜，从今也不属中华”，是借用崖山海战中南宋朝廷被蒙元歼灭的凄惨遭遇，来表达郑成功暴病身亡后凭借台湾延续明祚无望，南明王朝正面临和崖山海战中的南宋王朝一样岌岌可危的局面。颔联“更无鱼腹捐躯地，况有龙涎泛海槎”前句借用崖山海战中陆秀夫背负宋少帝赵昺沉海殉国的历史，表达作者对南明王朝已被清军威逼到连陆秀夫那样沉海殉国的地方都没有了的感叹，后句是说台湾海岛的处境尤其危难。颈联“望断关河非汉帜，摧残日月是胡笳”大致感叹的是大好河山已落入他人之手。尾联“姮娥老大无归处，独倚银轮哭桂花”描绘自身如同因偷吃后羿的不死药而飞升至月宫的嫦娥，老大无归处。

不过，尽管钱谦益借用崖山海战中南宋王朝的处境来比拟当下南明王朝所面临的局面，但其本人和南宋大臣文天祥最大的不同是：文天祥自始至终都没有投降蒙元，至死保住了气节，并通过其《过零丁洋》为后世所传颂，可钱谦益却在清军攻下江宁后降清失节。

1644年，李自成攻破北京，崇祯帝在煤山自缢后，钱谦益曾谋划扶持潞王朱常淓称帝，但福王朱由崧在马士英的辅佐下最终继位为帝。钱谦益无奈之下只能攀附马士英，最终获得一个礼部尚书的职位。一年后，清军攻破扬州后直逼南京，弘光帝与马士英等人逃离南京后，钱谦益与朝中文武大臣冒雨打开城门向清豫亲王多铎迎降。钱谦益降清后，还曾替多铎清理明故宫，为清政权撰写招降檄文，并在清政权于江南地区强行实施剃发易服政策、激起许多人的激烈反抗时，依令剃头。此后，钱谦益被清廷任命为礼部侍郎，不过任职不到半年即告病还乡。

由于钱谦益主动降清，生前身后常被人讥笑。当时有人作诗嘲讽说："钱公出处好胸襟，山斗才名天下闻。国破从新朝北阙，官高依旧老东林。"[6]关于钱谦益降清失节，引发了后世无穷无尽的争论。其中，乾隆帝在《钦定胜朝殉节诸臣录》中的评价最为严厉："平生谈节义，两姓事君王，进退都无据，文章那有光。真堪覆酒瓮，屡见咏香囊，末路逃禅去，原为孟八郎。"[7]"至钱谦益之自诩清流，腼颜降附；及金堡、屈大均等之幸生畏死，诡托缁流：均属丧心无耻！若辈果能死节，则今日亦当在予旌之列。乃既不能舍命，而犹假语言文字以自图掩饰其偷生，是必当明斥其进退无据之非，以隐殛其冥漠不灵之魄。"乾隆的这些评价严厉到几近谩骂，但陈寅恪先生的评价颇为中和，在他看来，钱谦益降清虽是其一生的污点，但也是由于"其素性懦弱、迫于事势使然"，毕竟一介文弱书生为时势所迫投降变节与手握重兵的吴三桂主动开门献关降清，还是有很大区别的。

四、后世争议·崖山之后有无中华

正如前文所述，钱谦益这首《后秋兴》首联“海角崖山一线斜，从今也不属中华”，是借南宋末年崖山南宋行朝的遭遇，来比拟郑成功在台湾反清复明势力覆灭的危急局面，但现代有人对之给出了另外的解读，说这里是著名的“崖山之后无中华”说法的最早来源。

仔细想来，在370多年前，汉民族遭遇屈辱和屠杀的危亡时期，作为被征服的汉人政权的老臣，钱谦益发出这样的感叹，实在是情有可原的。

钱谦益所处的清朝初期，清军在南方各地耀武扬威，无恶不作，所到之处“杀无赦”，实行野蛮的大屠杀政策。著名的“扬州十日”“江阴三日”“嘉定三屠”“广州屠城”，动不动几十万人被屠杀殆尽，这些都是历史的见证。

公元1650年，清军南下兵入广州，实行野蛮的大屠杀，死难无数，居民几无活口。钮琇《觚剩·粤觚》记载：“耿继茂、尚可喜兵入广州，屠戮甚惨，居民几无噍类。其奔出者，急不得渡，挤溺以死，复不可胜计。浮屠真修曾受紫衣之赐，号紫衣僧者。乃募役购薪，聚胔于东门隙地焚之，累骸成阜，行人于二三里外，望如积雪。即于其旁，筑为大坎瘗焉，名曰‘共塚’。”[8]广州屠城的惨烈不亚于顺治二年（1645）的《扬州十日》。唐宋以来一度成为“富锦繁华地”的广州城一下子沦为人间地狱。

面对南下清军的暴行，明末清初许多汉人思想家发出过与钱谦益类似的感叹。例如黄宗羲就说过：“夫古今之变，至秦而一尽，至元而又一尽。经此二尽之后，古圣王之所恻隐爱人而经营者荡然无具。”[9]顾炎武也说过：“有亡国，有亡天下，亡国与亡天下奚辨？曰：‘易姓改号，谓之亡国。仁义充塞而至于率兽食人，人将相食，谓之亡天下。’”[10]

尽管钱谦益最终并没有像文天祥那样守住气节，但其作为前明老臣，面对汉民族日日遭受的蹂躏和苦难，其在诗中透露出的沉痛与悲凉无疑是极为真挚的。

不过，尽管明末清初以钱谦益、黄宗羲、顾炎武等为代表的汉人知识分子在其所处的时代发出“亡国与亡天下”的感叹确实情有可原，但如果据此就引申出网络热议的“崖山之后无中华”的说法，那就大错特错了。

对此，我国著名历史学家王桐龄的民族史研究成果，对于我们澄清这个争论十分有益。王桐龄曾在其著名的《中国民族史》的序言中提出：“晚清光宣之交，国人对于民族观念上发生两种误解：一为对内之误解，是曰排满；一为对外之误解，是曰媚外。实则中国民族本为混合体，无纯粹之汉族，亦无纯粹之满人，无所用其排。”[11]书中这个论点为我们准确澄清“崖山之后无中华”的争议指明了方向。

王桐龄在《中国民族史》中使用大量的实证性分析论证了中华民族的历史本就是汉族与诸多少数民族既相互竞争又相互融合的历史。他认为，汉族性情平和，其所信奉的儒家思想崇尚中庸，反对走极端，这使得其文化特别善于“蜕化”以适应生存环境的挑战。汉族人口虽然占据中国人口的绝大部分，但其中通过历朝历代多次竞争与融合“蜕化”而来的“新汉族”也不在少数。王桐龄具体分析道：自太古至唐虞三代是汉族的萌芽时代，此后至春秋战国时期，由于东夷、西戎、南蛮、北狄游牧民族血统的加入，汉族进入第一个“蜕化”时代；此后经过秦汉两代的休养，由于匈奴、乌桓、鲜卑、氐、羌血统的加入，汉族进入第二个“蜕化”时代；再以后经过隋唐两代，由于高丽、百济、突厥、铁勒、回纥、沙陀、党项、吐蕃、奚、契丹血统的融入，汉族经历第二次休养时代以后，至五代和宋元，由于契丹、女真和蒙古及西域各族血统的加入，汉族进入第三次“蜕化”时代；最后，汉族经过明代的第三次休养时代以后，至清代又由于满族、西藏血统的加入而进入第四次“蜕化”时代。中国历史经过这四次大规模的“蜕化”时代，大量的异族血统持续不断地混入汉族血统，这使得我们今天许多被认为是汉族的中国人的祖先实际并非纯粹的汉族血统，而是在历史上多次民族大融合的过程中杂交出来的“新汉族”的后裔。

此外，王桐龄还在《中国民族史》中具体分析了外族“蜕化”为汉人的历史演变过程。他认为，当汉族在政治和军事上处于主导地位时，或者通过将外族部落迁移至中原内地与汉族杂居，或者征服外族后将汉族军民迁移至外族之地与外族杂居，以及通过异族通婚、更名、改姓、赐姓、认养子的方式实现同化外族的目的；而当外族在政治和军事上处于主导地位时，或者外族自动迁入中原内地与汉族杂居，或者汉族被动迁移至异地与异族杂居，以及通过皇室、贵族杂婚、更名、认养子、更改语言文字、改变风俗习惯等方式实现同化异族的作用。正是凭借这些种类繁多的“蜕化”手段，使得中国历史历经几千年，“国犹如是，民犹如是，户口之多，有加于昔，虽内部经过许多变乱，外部受过许多骚扰，而我常能顺应环境，利用吾族文化，抵抗外族武力，每经一次战争，常能吸收外来血统，销纳之于吾族团体之中，使之融合无间；中间受过几多压迫，忍过几多苦楚，而卒能潜滋暗长，造成庞大无伦之中国……”[12]总之，如果牢记中国历史本就是汉族与其他少数民族相互竞争又相互融合的统一的中华民族的历史，那么以往许多人基于“内中华、外夷狄”“中华正统、夷狄窃据”[13]的二元对立观念而提出的“崖山之后无中华”的论点就不攻自破了。

其实在现代一度引发广泛争议的“崖山之后无中华”的说法，主要发端于日本。最直接的来源是日本作家田中芳树描写崖门海战的历史小说《海啸》首页主题语。自此再往前追溯，就是20世纪日本右翼历史学家[14]鼓吹的“元清非中国论”（又称“满蒙非中国论”）[15]。这个理论的提出具有明显的政治性，它是直接为日本明治维新后的殖民活动提供理论支撑的。

该理论的大致逻辑为：中原农耕文明维持太久，往往逐渐趋于腐朽和衰败；历史上辽、金、元、清等游牧民族政权入主中原，一度起到了促进衰弱的中原文明获取新生、焕发青春的重要推动作用；明治维新以后，中原地区的中国文明积贫积弱，其中心已逐渐转移至广东，而日本对中国文化的引进并不比广东晚，理应比广东更有条件成为东洋文化的中心；如果日本与中国在政治军事上实现统一，文化中心必将转移至日本；日本成为东洋文化的中心后，又将日本的先进文化移植到中国，必将促进早已病弱膏肓的中国文化焕发新的生机。显而易见，这套逻辑是赤裸裸地为明治维新后日本向周边国家实行军事入侵活动的合理性提供舆论支撑而刻意制造出来的不实之论。

二战后，在“元清非中国论”的基础上，进一步衍生出“崖山之后无中华”的说法，后又通过日本通俗文学传入我国，逐渐在网络上引发广泛的讨论。相信熟悉这段历史的人，一定不会为其荒谬论调所蒙蔽。

注 释

1
时称硇洲岛，现今位于湛江市东南约40公里处。

2
［清］毕沅撰《续资治通鉴》卷一百八十四，北京：中华书局，1957年，第5027页。

3
［宋］文天祥撰《文天祥诗集校笺》，刘文源校笺，北京：中华书局，2017年，第839页。

4
郑芝龙，福建省南安县人，于明朝末年在华南、台湾及日本等地组织规模巨大的海上武装集团，一度成为东方海洋世界的霸主。郑芝龙曾于福建沿海金门海战中成功击败荷兰东印度公司舰队，成为在东方成功击退西方海上势力的第一人。1628年，身为大海盗的郑芝龙接受明朝政府的招安，任海防“五虎游击将军”。1645年，拥立南明隆武帝登基，官至太师。次年降清被软禁。后因清政府招安其子郑成功不成，入狱多年后被杀。

5
郑成功早年在南京国子监读书时，钱谦益任国子监讲师。

6
［清］谈迁著《枣林杂俎》，北京：中华书局，2006年，第638页。

7
钱仲联主编《清诗纪事》，南京：凤凰出版社，2004年，第317页。

8
［清］钮琇《觚剩》，台北：文海出版社，1982年，第149页。

9
［明］黄宗羲撰《明夷待访录》，南京：

凤凰出版社，2017年，第9页。

10

徐世昌等编撰《清儒学案》卷六，北京：中华书局，2008年，第294页。

11

王桐龄《中国民族史》，南昌：江西教育出版社，2018年，序言第1页。

12

同上书，序言第5页。

13

张越《中国近代史学中的民族史研究与撰述》,《郑州大学学报》(哲学社会科学版）2008年5月第3期。

14

“元清非中国论”的鼓吹者主要是“京都学派”的内藤湖南、矢野仁一和宫崎市定。参罗玮《驳“崖山之后无中国”说》,《历史评论》2021年7月25日。

15

罗玮《驳“崖山之后无中国”说》,《历史评论》2021年7月25日。